西部的咏叹

孙见喜 著

西安出版社

西安曲江出版传媒股份有限公司

图书在版编目（ＣＩＰ）数据

西部的咏叹/ 孙见喜著.—西安：西安出版社，2015.12
（2021.4重印）
（丝绸之路丛书）
ISBN 978-7-5541-1335-6

Ⅰ.①西… Ⅱ.①孙… Ⅲ.①散文集 — 中国 —当代
Ⅳ.①I267

中国版本图书馆CIP数据核字(2015)第306595号

丝绸之路丛书

西部的咏叹
Xibu de Yongtan

作　　者：孙见喜
出　　版：西安出版社
　　　　　(西安市长安北路56号)
电　　话：(029)85253740
邮政编码：710061
网　　址：www.xacbs.com
发　　行：西安曲江出版传媒股份有限公司
　　　　　(西安曲江新区雁南五路1868号影视演艺大厦14层
　　　　　11401、11402室)
印　　刷：合肥瑞丰印务有限公司
开　　本：889mm×1194mm　1/32
印　　张：7.5
字　　数：200千
版　　次：2016年1月第1版
印　　次：2021年4月第4次印刷
书　　号：ISBN 978-7-5541-1335-6
定　　价：32.00元

读者购书、书店添货或发现印装质量问题，请与本公司营销部联系、调换。
电话：(029) 68206233　68206222 (传真)

目录 CONTENTS

辑一　西行散记

辑二　丝路掠影

辑三　人文漫笔

辑四　丝路新咏

辑
一

西行散记

雄性的黄河

熬受了两天的颠簸，吃进了几千克的黄土，总算看到黄河了，却原来是窄窄的一道沟儿，十米八米的样子，似乎撑着一根竹竿就可以从山西跳到陕西。说什么波澜壮阔哟，说什么民族的摇篮哟，悠游的雅兴败坏殆尽，这黄河其实就不是个玩意儿！

在禹门以下，温柔的河水很贴合了我想象中黄河母亲的样子。她波澜不惊，没有喧哗，默默流走的形象使我想到中国农村千百万的劳动妇女。没有花头帕，甚至没有蓝围裙，在很局促的厨间绕着锅台转，在明丽的清晨或细雨的日暮，她们躬耕垄野，其心性博大、五体强劲不亚于男人。所以一出禹门，河面冲开，就又有了老妪般的宽容和宁静。听人说，黄河里有桶粗的大鲤鱼，鲤鱼冲跳龙门而后幻化巨龙的景象相当壮观。其实，这只是孩子们乐于接受的童话。现实是，黄河的鱼儿只有铅笔头那么大，且根本不是鲤鱼而是白条、沙罐之类。有渔夫在那里一网一网地捞，十条八条地捡，论其不值辛苦，他淡淡地笑了，说："喂鸡嘛，闲着也是闲着！"

这一切都叫人失望。想那源远流长的大河文化，想那彩陶碎片带出的历史沉积，别说丁村人的头盖骨，河套人的石器，哪怕能捡到一块熏黑的胶泥碎片，也可寄托一点干硬的猜测和想象。可是眼下的黄河滩，竟连一块鹅卵石也没有；浅薄的风光染不绿岸边的草木，连掐一片杨叶带走一片记忆这类简单的愿望也难以实现。于是，年轻的司机提议再朝上游去，说那里有一个壶口瀑布，文化人都喜欢到那里去寻找感觉。

于是我们去寻找感觉。不想在河东的吕梁山里迷了路，一腔肿胀的向往塌缩得提不起半点精神，十几个小时的粗糙公路荡得人肠胃都作了颠倒。终于，在日暮时分，来到一处河流的峡谷，不知谁说了一声"无定河"，大家便默默地接受了这个判断。没有人发什么议论，唯见雾一般的黄土在峡谷里任性奔跑，忽而东岸，忽而西岸，仿佛不是风，而是一种神秘的搬运。小河窄窄的一绺儿，灰暗的水色往南游动，无法想象它会叮当作响。忽然有人惊呼："黄河！"且指看崖石上的两个字。遂停车打问，方知足下的土地是山西吉县，过了河上的桥那边就是陕北宜川。

"这真就是黄河哟!"我不由暗暗叫苦。我们追寻到的竟是如此黑瘦矮小的家伙,连禹门口那"老妪"膝下的小沟沟都不如,我们这是何苦来着?

观两岸的巉岩,皆龇牙咧嘴状,仿佛东西两岸的秦晋大地原来是咬合着的,只是因为这水要找出路才不得不被撕开。你想,这软物和硬物亿万年来曾有过多少艰苦的磋商和妥协……

可是,在壶口,我们都被震住了。整条黄河的泥水,由环形崖上扑下,从东北西三面压入一个极小的酒盅状石窝子,于是这黄泥浆便反弹上来向高空激射。或者说,那压下去的本不是什么水,而是硬质的团块,而是炽热的岩浆;瞬间反射上来,化作了霰弹,化作了雷电,化作了气功,化作了"五四"学潮或金田村起义!我不知道氨基酸在生命起源时期发挥过什么作用,但我想,如此的高压和强力必然是氨基酸合成的重要条件;或许,这本身就化作了黄土高原上的生命基因,要不,炎黄二帝的大智大勇何至延绵五千年呢!

据介绍,这壶口瀑布的壶底,水枯时可见一岩石形似青色龙头,须角毕现,是壶口的千古之谜。人说这壶口要吼起来,无论水大水小,声闻四十华里。但它不吼的时候,即使满河涨水也悄然无声。这也就怪了,问当地居民,皆闭口不敢妄言。

最神秘而奇怪的，是青石岸上的一排排石洞。这石洞浑圆整齐，仿佛出于圆规丁字尺的设计；其小者如豆眼、大者若缸盆；有浅不盈寸的，有深不见底的。这难道是鬼工神力的造作吗？不，仍然是这黄河水——饱和着泥浆和红沙的黄河水，亿万年来，以超常的比重旋流而下，无数个旋涡就这么认真作业。其力的扭矩，高速的摩擦，巨大的穿透力，而后成就了这些哲学的洞眼！饱学之士在这里愧作一团烂泥，无知之辈在这里顿开慧觉，朋友，去黄河玩儿吗？错了，那生命的图式严肃得让你掀不动照相机的快门……

虽然，经过激射和宣泄，它变得疲软而平静，它又沿着那窄窄的岩沟流走了，可它在壶口那儿暴露七情六欲的时候，谁能不说这是一条雄性的河、犟汉的河？

问岸边人家，它流走的河道怎么那么窄？

答曰："六十米深呢！"

胡杨礼赞

这是一片翠绿的天空，几抹羽绒般的云丝儿在远处轻闲，巨大的透彻益显出来自远古空间的寥廓和宁静。太阳不知在何处照耀，满世界一片光明。

地上是沙，轻细似浮尘，洁净如银粉。先是坦阔的平原，间或有沙的细浪闪烁。再就是无垠的大漠：沙的怒涛、沙的丘陵、沙的山梁、沙的峻岭……

沙以单调的图式演示着繁复的地貌交响曲，天的光滑碧嫩使人联想到远古世界的明净空气。

说话间就变了脸。远处浊浪滔天，恐怖的哨音如钢索带着倒钩从天空划过，生物的存在成为幻想，连微小的沙蚁也化为粉末。天上遍布洪流，一股一道的浪涡黑乌乌翻卷而去，伸手不见五指。所有的宁静和蔚蓝一瞬间就化作了喧嚣和恐怖，仿佛原来的纯真和圣洁只是魔鬼的陷阱和诱惑。

瞬间天寒地冻。

这就是著名的塔克拉玛干大沙漠。远古时是印度洋的一个海湾，后来喜玛拉雅山隆起上升，这里变成了内海，再后来海水汽化而去，留下一个海的底盘，仍然有水的柔软和海的脾气。地理上叫塔里木盆地，和准噶尔盆地隔天山成天平状对称，准噶尔以北就是和俄罗斯及蒙古人民共和国交界的阿尔泰山，塔里木以南便是昆仑山系——这就是新疆地形上的"三山两盆"。

塔里木这口巨盆却是太大了，53 万平方公里！四周有雪山环绕，山脚下有雪水滋养，成连片绿洲，出水果出甜菜出棉花，是风吹草低见牛羊的优良牧场。这一圈往里收缩几十公里就是戈壁滩——一种布满砾石粗沙的特殊地貌。再往盆地中心去，百十公里，就是塔克拉玛干了！

大黄、大绿、大空间、大反差，我们的原始胡杨林就生长在这里。

这是一群身裹铁甲的战士，威风凛凛地守卫着祖先传下来的这块沙地，千万年了，变的是历史风云，不变的是它们的雄姿。它们不像内地的乔木，尽在树冠上做文章，它们尽量用有限的水分和养料发育躯干，而坚决收束顶梢减少枝叶。它巨大的树桩三五壮汉不能合抱，粗硕的树皮是一种铸铁的质地，古老的裂缝可以轻易地放进去一只手掌，而瘦枝窄叶难以注释它的生命。塞北的砍头柳有它的形象，却没有它的风骨；岭南的古榕树有它的气势，却没有它的坚毅。说是地理的养育，可它的根下有沙而无土；说是气候的造化，可这里炎热时气温高达七十摄氏度，寒冷时又低到零下三十摄氏度，年降雨量仅百十毫米，有时竟连年无雨!

这就是它的家园。它长大了三千年不死!

为了抗御狂风，它的枝股在连接主干的地方长成一个大包，仿佛一圈强力的焊接点。为了躲避沙暴，它的顶梢决不往高处去，三米五米之外就横向分散。为了对付干旱，它只允许主干上的第一茬枝叶秉承遗传率性生长。这是比国槐叶稍大的带刺的小掌，往上就长成柳叶状针叶状以减少蒸发。为了寻找水分，它的根系发达，须根可以伸到百米之外。为了种族延续，它们互相掩护绵延成片。枝干里富含碱质，虫子就不来打洞；树皮粗厚，野骆驼也不啃咬!

它们贫穷，所以无人攀附；它们孤傲，所以没有朋友；它们处境险恶，所以没有花红鸟唱；它们不在显赫庙堂，所以无人谄媚供养；它们不开香花无有艳影，所以不招蜂引蝶……

所以，连塔里木河也叛变了!这个永无固定河床的家伙，哪儿的沙被风搬走它就到哪儿散布永恒的混浊的盐碱。如今，它改道了，改嫁了，孤零零将一片胡杨撇在沙原火坑。胡杨没有仰天哭喊、没有跪地乞求、没有抱怨命运和时世，它挺立着、沉默着。大沙漠一片宁静。

它死了，活了三千岁!

苍天依旧是苍天，沙漠依旧是沙漠，胡杨以它凝固的生命保存了三千年的生存档案，英雄的姿势永恒于天地。它铁的木质是历史，密集的年轮是朝代。某一年塔里木河断流，某一年雪水丰沛，年轮的圆圈是气象史的连续等高曲线。云可以流散，沙可以移动，山可以沉降，地极可以不固定，但死了的胡杨用其惨白的骨架以历史老人的哲思永远重复着一个声音：永远的是家园，不变的是信念!

它死后，三千年不倒!

尖锐的沙暴，钢锉一般刮磨着它的身子；油盆似的大日头，当顶一股烈焰喷下来；西亚的寒流，狼牙虎爪一般又咬又撕；它的皮被一块一块揭掉，它的枝被一节一节折断，它的根被一条一条抽出，它赖以挺立的沙原，被一层一层掘走……终于，一个巨大的力量撞向地球，它倒了，击起的沙尘如原子弹爆炸，沉重的声响震动了雪山。一条铁汉子倒下了，一群铁汉子倒下了，不屈的枝杈怒指高空，翘起的主根如烈士僵硬的腿骨！

古战场的悲壮气氛弥漫天地间。没有刺刀，没有血，没有坦克，没有火焰喷射器，但地上布满弹坑，树桩上横斜着刀斩的白茬。夕阳在云层间激射，远处沙烟滚滚。旷古未有的一场浩劫发生于鸿蒙初辟的岁月，人在那时候尚茹毛饮血。

它倒了，三千年不烂！

当喜玛拉雅将古塔里木湾切断的时候，人类之初为鱼为鳖；当塔里木作为内海被蒸干初显沙浪的时候，人继之为猿为猴；当胡杨以九千年为一个单元将身躯沃肥沙地的时候，人已为人且已经学会了破坏臭氧层灭绝物种。愚钝的胡杨只知忠守家园，聪灵的人类却精于残害地球。一个永恒的质问就由一棵老胡杨传给一棵子胡杨：皮之不存，毛将焉附？而灵长之首们却竞相屠戮地球母亲：切断脉管，掏空内脏！那么，在胡杨时间单元的下一个九千年，人或为蚤为虱难道不是可能的吗？

可胡杨依旧是胡杨，长大了三千年不死，死掉了三千年不倒，倒下了三千年不烂，烂掉了三千年不腐，腐化了又肥沃沙漠三千年！

一个巨大的良性循环。胡杨以其生命和身躯填补大地母亲的贫瘠，其永恒执一的精神取向难道不是进化史上的大智大慧吗？

　　面对塔克拉玛干这片死树枯根，我说：小人儿，跪拜吧，你是万物之灵，但和这木头比起来，你永远只是个小!

库尔勒的黄昏

榆叶梅的叶子上弹跳着赤色，那轻柔的枝条就散发着金与碧的辉煌。似风无风的样子，杨呀柳呀就情懒懒等待着星月的梳妆，云彩似晚礼服挂在天边。骄横的日头王子玩得累了，歪歪地斜倚在天山的脚丫子上打盹。天山上有雪，山脚下有羊粪，羊粪腐败了，散发出酒精样儿的甘醇。内地的美学概念到了南疆你得逆向着理解。

孔雀河穿城而过，抖金摇银的样子很像一位大款。大款黄昏出门干什么，遛狗？去赴夜生活？可孔雀河不懂这种消费，它以自己的素净滋养两岸瓜果，无污染的雪水把一河清芳带给满城人家。河水清灵，淘摇了满天星月苍穹就永远透明；水质甘淳，库尔勒的香梨就誉满人间；还有那唤作"五道黑"的淡水鱼，肉似雪、味如栗，外来的客人就愿意到博湖去当上门女婿……

太阳消失的地方留下一抹白光，雾上来了。郊外的戈壁滩青幽沉重，几位骑自行车的姑娘飘扬着彩艳的衣裙；远处的塔克拉玛干大沙漠演绎着远古的造化，昆仑山迎候着西王母和秦穆公的又一次约会。

　　库尔勒市为新疆巴音郭楞蒙古自治州首府，辖八县一市，面积广大号称中国第一州，其中一个县的面积相当于两个半浙江省。此地汉隶西域都护，唐属安西都护府，清归焉耆府，1928 年由焉耆县析置库尔勒设计局，1955 年成立现自治州。

　　塔里木石油总指挥部设在这里。十三条大街道网格状摆在沙漠边缘，500 辆出租车流水一般往来穿梭，美容店卡拉厅星罗棋布，一如特区的灯红酒绿。南疆铁路已经通达，由此还要继续往前修到喀什、和田，再转回来成环盆铁路，塔里木就被金链锁住，地下的油海乌龙就只能束手就擒。那时候，库尔勒就真正成了龙头上的明珠。

　　卖葡萄的维吾尔族老头依旧低头数钱，一枚七星瓢虫在他的小花帽上品尝奶油。早上出来时他那腰围大于身长的老伴儿数落他不该把破帽子放在奶油桶上。他说你别忘了我这帽子还见过毛主席哩，如今破是破了，可比老婆子你还尊贵呢！说是那一年他上北京去见毛主席，背了个褡裢子，一头装着馕，一头装着葡萄干，到了广场上，那么多人等着毛主席。他就一手捂着小花帽一手分开众人朝前挤，后来毛主席上了城楼，手里摇着一顶帽子，从城楼这头走到那头，一边走一边摇着帽子朝广场上喊：谁的帽子!谁的帽子!那么多青年人举着双手争着喊：我的帽子!我的帽子!回到库尔勒，乡亲们问毛主席好吗，他说毛主席身体非常好，他特别聪明，那么多人要那顶帽子，他悄悄戴到自己头上去了谁也没给。这个故事他给好多人讲过，终于有一次一个中学生纠正了他，说毛主席摇着帽子喊的是"人民万岁"，青年们举起双手喊的是"毛主席万岁"。打这以后他知道自己的汉语水平不行，才不再讲这个故事了。只是，他每年都要往人民大会堂寄葡萄干，听人说毛主席住在那里。

葡萄是卖完了，可哈密瓜没有卖出去一个，今年瓜丰收了。库尔勒的瓜摊比星星多，他拉起他的气轳辘车，仰天高唱一句："妈妈吧——"

这是在骂人，也是在抒情。满城光华豪放，电足得让乡下人生气，孔雀河也在五颜六色里婆婆妈妈。老头一脚踢开一块石头。石头在远处撞出火花。

老头想：等这八十亩瓜卖了，咱也搬到城里去……

在城市边缘，牧草淹没戈壁滩的地方，牧羊姑娘骑着高头大马回来了，天山细毛羊雪浪一般涌在她马前马后。沙漠运输公司的长途车队回来了，上百盏车灯把草原照得雪亮，为首的大胡子司机探出头来向姑娘竖一个大拇指，姑娘就忙把长鞭叼在嘴里，举双手把两个大拇指并起来，大胡子来不及说什么，后边的司机就一哇声鸣号……

风儿幽幽，风儿幽幽，清甜绵软的私语在白杨树下闪烁。牧羊姑娘就笑了，她大声朝那边喊："汉族兄弟，爱情还躲什么藏？"

天山夜行

这是巨幅版画，从晶蓝的天幕上垂下，黑白相间的三角形里，疏疏密密地割进去无数硬质的折线，银光就白刺刺反射过来。一面石质的岩，一川青楞的冰，一凹远古沉积的雪，在这幅画里就作了永无规则的空白。黑色几何里隐藏着一面坡的牧草，银色的峰峦侧影印在天宇上演示地质史上的逻辑曲线。

这幅画长 2500 公里、宽 300 公里，悬挂在亚洲中部，横贯新疆维吾尔自治区，西端伸入中亚细亚的塔什干。这就是月光下的天山。海拔 7000 多米的世界著名高峰托木尔峰即在这里。天山是一个山系，东西方向延伸，由若干在成因上相联系的山脉组成。

从乌鲁木齐到库尔勒，横越一个完整的天山，12 小时行程全在夜间。

朗月下，铁轮在向崖坡沟峁的叩问中将旅人带往梦幻之境。山间行车，侧身扭折，蜿蜒蛇行。先是沟与沟的转换，再是坡与坡的错落，机车运行的声音或抑闷低沉、或昂扬嘹亮，调式的变换表明运行空间的狭窄或宽阔。瞭望窗外，忽而暗如地隧，忽而亮如雪原，知月亮在一个固定的角度照射，山间或谷地在列车运行中就闪烁明灭。后来，耳鼓闷痛，就知道列车爬了高，海拔升而气压降，有人指导捏着鼻子鼓气，果然耳痛减轻。

翻过山脊，列车沿一条河道运行。可见山坡沟岔间，流动着的石片子、栽培着的石柱子、收割过的石茬子，全是棱棱角角的货色，全是创世之初的作物，就猜想这是上帝的田园，上帝耕作时也十分辛苦。上帝播种慈悲，收获石块和沙砾，磨碎了掺上腐殖才成土地，人间才有了种植的依靠和五谷的芬芳。这就理解了"天人合一"的说法。土地是自然和人类共同选择的结果。

没有村庄，偶尔一盏孤灯。是牧羊人在梦中向上帝讨要去年那桩羊皮生意的回扣，或者，孤独的狩猎者正在月夜的现实中烤食山鸡。还是那条河，无穷无尽的河，水那么细，是闪闪烁烁的银链子，忽而断了，是一河尖锐的石头如锛如斧，恐怖斩剁着恓惶。旅人就睡不着，呼啦啦一片扯帘开窗的声音。

水又出来了，散成两股或三股。强暴可以切断钢铁但切不断柔软，水依旧款款而流，和谐的环境唯有永恒的宁静与恬适。

终于有了树，是三株两株的矮子；然后是灌木，疏疏淡淡地散落在似堤非堤的地方。时序正是太阴八月，江南桂花飘香的日子，天山的雪水也正在旺处，可这一处山河却似冬眠未醒。

终于有了庄稼地，是几片细布的补丁，不规不则，挂拉在山脚或河边。绿只是一绺薄雾，遮不住永远的石头和沙子。有旅人突然惊呼，原来是一座村庄。只可怜全没了屋顶，居室是石砌的方框，场院是石头的包围，界墙倾倒了，白花花的石头诉说一场突发的灾难。没有了犬吠鸡鸣，没有了牛羊生动，有的只是月下的沉默和凄凉。列车也沉重得不能行走，轨道把悲痛传向远方。村庄尽头是广场，广场中间是旗杆，悲壮的旗帜垂在顶端。人们没撤离这片国土。后来才知道，这里刚刚发生过百年不遇的水灾。

月亮伸手可触，月宫的景物仿佛是自家后院的物什。天山的一个垭口上，金星是斗大的火轮。白晃晃的月光塌在地上，给人以"大晒"的感觉。树下的月影，浓荫深重，引诱人前去纳凉。方圆亮如白昼，始知古人月下夜读是真实的事情，始知月下可以织布纺线线，可以挖地捉蛐蛐，可以做许许多多神圣或卑劣的事情……

烦乱的思绪中突然跳出一个明晰的问题，就赶紧摇醒旅伴，急急问他："今日是阴历月中，现在正是子夜，列车前进方向与树影所指方向相反，请问列车正朝哪个方向前进？"

旅伴挥臂高叫："库尔勒，库尔勒！"

当然是库尔勒，但那是终极目标，可现在正在途中。于是，就在天山的夜行中独自猜想：前进的奥妙在于能曲能折，万千世事的败坏不是皆因直奔主题而导致的吗？

塔里木有一伙人

　　一百多年前，一位法国探险家来到这里，惊叹空间的险恶和生命的渺茫，绝望地称这里为"死亡之海"。这就是新疆的塔克拉玛干大沙漠，地处塔里木盆地中央，东西长 1000 多公里，南北宽 500 多公里，面积相当于三个浙江省。在世界著名的流动沙漠中，塔克拉玛干大沙漠仅次于非洲大陆的撒哈拉大沙漠，这里天上无飞鸟，地上无寸绿，当地人说这地方"进去出不来"。晋代高僧法显到过这里，他在《佛国记》中描写说："沙河中多有恶鬼热风，遇者皆死，无一余者。"

　　如今，"死亡之海"的中心点上，出现了一座钢铁之岛——上百个类似集装箱一样的金属房屋纵横相连，成了一座不沉的海岛。这就是塔里木石油开发的前线指挥部——"塔中"。从此，"死亡之海"里第一次有了人烟长驻的村镇，中国的地名辞典里就增加了一个新的词条。

　　人们还称它为死亡之海里的航空母舰。因为十级沙暴不能击沉它，七十多摄氏度的干热风不能窒息它。这里住着一伙特殊的人，他们在沙海里钻井，把地下液体的黑金子抽出来，让它顺着上千公里的输油管道流到外面去。

"塔中"村，钢板的集装箱严密衔接，内部却通道相连，水电齐全，电视电话空调浴池一应俱全。他们甚至有自己的飞机场和篮球场，6公里的飞行跑道全用钢板连接，而篮球场一次次被沙埋住，他们又一次次清理出来，沙漠里无风的日子极少，这个运动场是"死亡之海"的一件小装饰。沙暴说来就来，篮球不知被风刮走了多少个。

他们还有自己的公园——一块用篱笆围起来的篮球场大的沙地，种着矮矮的绿色植物，用自己的生活废水浇灌，偶尔也开一星半点的小花。这也是他们绿化沙漠的试验站，选育耐旱的植物，把这片园子一点一点扩大，让这个沙海中的岛村披上绿装。

称这里为海，有地质史作理论支持。远古，塔里木是印度洋的一个海湾，后来喜马拉雅山系崛起，昆仑山系崛起，塔里木成了内海，成了欧亚大陆的腹地。外边的水汽不得进来，又有常年的干热风蒸发，内海就耗干了水，留下一座海的底盘。底盘下边藏着海水造化的真正骨血——石油。

石油又造就了产业的石油工人。他们乘飞机火车、骑骆驼牦牛，从大庆大港、从中原任丘、从克拉玛依聚集到"塔中"来，会战钻井、会战采油、会战修路。一条沙漠高速公路 500 多公里，被称为世界奇迹!

公路两旁的拦沙网，随沙丘起伏，有长城的壮观；偶尔一只废弃的橡胶轮胎，半掩在沙丘中，昭示的悲壮有如肃穆的黑色墓碑。

乘坐"沙漠王子"专用车，在波涛似的沙梁上起降升腾，心脏不好肠胃不好甚至气管不好都随时可能出现生命危险。到"塔中一井"，地表温度七十五摄氏度，不愧亚洲第一井，10 公里的深度不说，单这严酷的环境便堪称世界之最。

四十多度的燥热气温，沙暴一来，说话中就天寒地冻；一时汗衫，一时大棉袄，衣服的转换必须瞬间完成，否则不是中暑便是冻伤。见井台工人备有大包大包的妇女卫生巾，就惊怪着询问，答说在摄氏四十五度的高温里干重体力劳动，裆下终日湿汗，若连续十天半月，下身就腐烂生疮，所以每有新工人上岗，第一要务就是指导他如何更换卫生巾。卫生巾是沙漠工人的第一劳保。这里的工人实行大班制。每干满三个月就轮换下来，回到库尔勒的基地去休息三个月，那里有剧场和游泳池，也有图书馆和卡拉OK，想回内地探亲团聚，基地提供交通可以往来自由。

　　人说这里是最现代化的管理，最现代化的设备，但地面环境的艰苦程度也堪称世界之最。200亿吨的可采储量被称为中国的中东，中国21世纪的经济重心必然西移。塔克拉玛干——未来中国的能源中心、化工中心、交通中心、高科技中心，死亡之海里的这些如礁岛的铁皮房子——岂非原始海洋的生命母液？岂非高温高压中人造晶体的第一个生长点？

　　风景从荒凉开始，工业文明不也如此吗？

白杨沟油画

似一瓢碎银子在抖动，叮叮然天韵飘扬，烁烁然明光扶摇；连碎石细沙也琼洁玉雅，连小草林木也芳菲祥瑞——这就是白杨沟，出天山北麓，欢欢快快地向准噶尔盆地深处去了。

源头是雪峰，仙子饮宴的地方。下边是流泉，石隙里沁出的地液；或曰矿泉，城市人独生子女享用的极品。它们汇合了，是琉璃与玛瑙的拥抱，是仙露与甘霖的化合；先在一处潭里唱歌，然后在糙硕的石坎上舞蹈，快活了，便飘若飞瀑，跳起来是雾，落下去是雨。河床窄小，盛不下它的欢乐，就感染山涧的小草，就滋润坡上的松林……

那位戴鸭舌帽的哈萨克青年，将坐骑的四蹄在碎银里踩踏着豪华，他的羊群就被水边的影子陶醉：白云蹭着鼻子，蓝天抵着耳朵。一首歌子就飞起来，远方的旅人就向往挨那牧羊姑娘的藤鞭……

导演郭秀梅继续讲王洛宾的故事，毡房外的烤羊肉正到火候。哈萨克大娘的黑脸庞在花裙子上蹭了个圐圙。有维吾尔族少年纵马奔驰，青春的响蹄扣动客人心房的门环。贾平凹忘情地歌唱他家后院里那棵苦李子树，白酒、啤酒、奶茶的混合气味就洋溢在白杨沟两岸。

阿米娜在看草。这位电视节目的主持人闪动着皓月般的明目。这是一圈随意搭结的篱笆，围着一片草地，围着半面坡的雪松。这种圈地为主的景观一河两岸都有。那是一座房子的前场或后坡，篱笆围着菜畦或麦田，阻挡牛群羊群的贪嘴和践踏。阳历八月底了，新疆的麦子正在收割，粗糙的石头场上闪烁着连枷的弧影，坡上的牛儿扯开绵长的嗓音，河边的红裙子如早霞燃烧。

屋旁的干草垛上落了一群雀，细碎的议论声里反复说到达坂城的姑娘——这里的雀儿全都认识王洛宾。

秀梅在毡房里唱了，是王洛宾采撷来"五朵梅"那苍凉凄美的野调子，草原上的爱死去活来，人们的心头一块一块往下掉肉。阿米娜依旧在看草。

山上是松。松松相拥，了无杂树，又杆杆向上，旁无斜枝；连林子的边缘也齐棱齐正，是谁种植了这方山水的美丽，又将这天山的裙裾剪裁得体？

阿米娜，大连工学院出身的化工硕士，理想的披风载着她周游一圈，又回到乌鲁木齐。喀什的泥房子相去太远，父辈的军垦梦早被汗水濡湿，妈妈的青春在跳过矮墙时升华为天国的歌谣……

草坪是天然的，植株单纯而密集，矮茎上只有三片两片的嫩叶。天山将美丽种植在严谨里。纯羊毛地毯的最初想象只能产生于这片山坡。

篱笆上挂着阿米娜的剪影。短短的碎花连衣裙轻轻荡动，修长而玉润的胳臂托着宁静的腮，镜头里的想象和自然中的真实融合成天然的风景，一棵雪松，一株小草，或一捧雪水，一汪清泉。

一群羊朝她拢来。

这座崭新的毡房里飘出老歌子。唤作朋友的一群人全喝醉了。哈萨克族大娘用围巾护住她的被垛，低声叮嘱不要把酒瓶弄倒了。录音机里放出维吾尔族歌谣，郭导演就在里边喊阿米娜。

阿米娜大大方方地跳了，她曲臂邀请着每位客人。一时间，毡房的小空间里乱如"巴扎"，有的扭着秧歌，有的转着华尔兹，还有的飞腿欢跳"嘎啦亚西罗罗"，但手臂全都高扬着，仿佛共举一个伟大的分量，它比一般意义上的友谊要厚重得多。

哈萨克族大娘捧着一盆手抓羊肉，笑脸绽成一朵菊花。阿米娜在花芯里旋转，朋友们围着她。她的神韵将毡房烤热了，她的清亮淘洗了一群灵魂。摄像师的镜头里开放出一片鲜花……

曲江唐韵

芙蓉园的红墙下，悄然淌出了温润馨香的脂粉浴液，曲江的一池春水，就淡淡地被染红了，染红了；三五丽人逶迤而去，是哪位诗人的新词，让她们咀英含华？夕阳的余晖，迟滞着慈恩寺的暮鼓；明德门的城墙上，巡行着轻快的马蹄……

城墙下的小酒馆里，李白有了一杯酒，豪放的性情就渗入中华民族的精神骨殖：兴庆宫丹墀上的靴迹，沉香亭雕栏边的旋律，诗仙的歌声从庙堂飞向田野；杜甫有了一杆竹杖，"三吏""三别"的哭声里就有了扣向民间的敲打，茅屋秋风之歌就唱响了天下寒士的希望，中国文人就站稳了平民的立场；孙思邈打开他的药葫芦，黄种人的健康便由此奠定；怀素挥笔狂草，线条的艺术在世界文化里成就独绝的华章；一行举起他的黄道仪，满天的星斗在掌中运行；陆羽撒下几片香茗，全世界的客厅里都氤氲着芬芳；王维焚起了香案，禅意的慧明、诗画的天光，岂止照耀着辋川别业？韩愈文起八代之衰，他首倡的古文运动，完成了中国文学从浮艳向质朴的转换……噢嗬嗬，唐代的文化巨匠何止八位！一个朝代的强盛将中华文明推向世界之巅，一千多年后遍布各国的"唐人街"，依然是唐文化在抒散芳香。

　　一尊塔影，在终南山下搁置了千年；迟钝的钟声，敲不破一个主义的黎明。一则神话，在黄土的裂隙里延续着破碎的经验；唐僧的夜明灯，照不亮寒窑的凄冷。八水的沙滩上，灭绝了旧雁的爪迹；十三朝的明君，留不住灞河的涟漪……一个普通的戊子之夜，慈恩宗的祖庭突然闪亮：梵音在天花纷飞中长鸣，万佛在国泰民安中微笑，文化展开复兴的画卷，法水在三宝辉映中飞溅！氤氲长安的佛法正气和龙脉风水，永远是人们涤心定慧戒贪绝欲的三秦第一福地。倘若晴天丽日水波不兴，抑或皓月当空夜阑风静，曲江清潭上塔影澄真，明镜高悬处心灵坦白，法水就向生命深处潜移默化；倘能夜夜荡涤，月月拭擦，年年打扫，再浮躁的凡心也可修成"行到水穷处，坐看云起时"；精神在修行中生养，觉悟在无声中积淀，真有如"竹影扫阶尘不动，月穿潭底水无痕"。

　　佛陀以亿万年作昼亿万年作夜，曲江池以八千岁为春八千岁为秋，人类精神及物质的成果在此集大成，永恒之于创造者难道不是天生的追求？

历史的底座，现代的腰身，文化的脏腑，佛陀的灵光，壮阔和谐地组成三大遗址公园的精神与气质。飘渺的水面，柳衙的曲岸，亭阁、廊桥、泉眼、草榭，或如慧莲初放，或如法雨潇潇，或如云蒸霞蔚，或如修竹摇曳，真乃异香飘九陌，丽色映千门！中华文明的精神烈焰被重新点燃了，大唐文化的永恒价值根存于这里的一草一木。历史的苍茫，佛陀的旷远，人文的高标，法水的澄澈，无论在慈恩寺，还是曲江池、唐城墙，共同洋溢着大写意的"中华"，于是，九品莲的喜悦就永远灿烂于古城。

僧问：一滴水怎样才能不干涸？

师答：把它放到大海里去。

慈恩寺不是一滴水，它永存于曲江；曲江不是一滴水，它慈沾于唐城墙；唐城墙不是一滴水，它融汇于正大和合的中华文化。文化兴，民族兴，三春车马客，一代繁华地，古长安的精神之烛必将壮燃中华民族的复兴烈焰！

曾经是谁啊，在黄土高原上吟唱：数风流人物还看今朝？

三代人的秦腔梦

爷不戴瓜皮帽，却长年戴一副大坨石头镜。这镜是用三斗苞谷换的。当初换镜为看戏，不戴镜，戏台上的人是一堆花花，走到庄稼地里，也是一堆花花；分明是大南瓜，他却看作金兀术的头盔，分明是苞谷缨子，他却当成杨宗保的帽根子。

但凡看戏，爷总要带了我去。乡下戏台高，爷就让我骑在他的脖子上，我双手就搂紧了他的头，从两岁到五岁，我骑在爷的脖子上知道小姐爱秀才、奸臣害忠良，也知道忠孝节义的最初道理。

在我们村，爷被尊为"老者"，就免不了调解邻里纠纷。爷的人生信条是"见冤家说散，见姻缘说合"。有社教干部，专要同爷计较，说爷没有阶级观念，爷平心给他说："人经几辈子住在一个村里，邻里相处糊涂些好，有时候越计较还越说不清。"社教干部不信这一套，结果自己也被缠在邻里是非中，撤退时是半夜偷跑的。说合姻缘，说散冤家，爷自有他的一套辞章，其实，他劝解邻里全靠戏台上的秦腔故事：《陈州放粮》《杀狗劝妻》《三娘教子》《辕门斩子》等等，爷最会用秦腔剧情联系生活实际。那时候，一村演戏，十里八乡都来观看，如此的"高台教化"无形中规范了村人的行为准则和道德秩序。

爷爱看戏，却不会唱戏。他有个朋友叫丁氏，是个扎着花白小辫的老头儿，丁氏似乎口不能语，他同人交谈是用手和五官。有一回丁氏来我家吃饭，饭毕丁氏吸烟，爷就拿筷子敲击升子底唱戏，只两句，升子就被丁氏按住了，丁氏"咳咳"作笑，气声喑哑。爷就红了脸，翻过升子揉烟叶。后来，丁氏在磨道里教我父亲摆动作，一招一式都是角色。在我的记忆里，这老头儿是"安勋他爷"，安勋是我的小伙伴。某一日，我父亲就独自在磨道里演完了一出戏，有唱有动作，唯一的观众是我，我从头看到尾。

三月三庙会，父亲终于上台演完了这出戏：《游西湖》。村人都说父亲的唱腔好，道白全是丁氏的味道。几十年后，父亲到省城来看我，说起当年唱秦腔，他才告诉我，他是跟丁氏学的戏，丁氏也不是安勋他爷，丁氏是老戏师，一辈子教了一个戏子就是安勋他爸，人称琼氏。丁氏带的戏班子从洛南唱到华阴渭南，台柱子就是琼氏。琼氏的琼就是秦琼的琼，不是贫穷的穷。琼氏是唱戏唱死的，不是穷困穷死的。父亲说：琼氏一死，戏班子就散了，丁氏喝了哑药自己弄坏嗓子，从此不再教戏导戏。他孤身一个外乡人无处投靠，就寄居在安勋家，解放后查田定产，丁氏就成了安勋他爷，说是一家子，实际不是。丁氏死在 1958 年，临死把一根马鞭传给我父亲，这马鞭是丁氏从他师爷手里传下来的。

再下来是我。小学五年级时，班上排《打镇台》，我出演一个跑龙套的小角色。班长唱主角，事先排练过，我没有参加排练，上台不知怎么走，只看台侧的老汉胳膊，老汉胳膊回抡一个大圈，我就走一圈，老汉胳膊垂下，我就立直。有一次，竟多走了半圈，引起台下哄笑。这老汉是我们班主任从附近村上请来的戏把式。后来，西安的"五一剧院"从我们小学招走一个同学去当演员，大家羡慕得要死，心想当演员是天下最光荣的职业，比开飞机还光荣。

我还扮演过孙武子，是年节耍社火跑高跷，节目叫"孙武子操练女兵"，我提一条麻绳鞭子，走在十三位女兵后边，走两步，打一声响鞭，很是威风。在高跷上，我扮演过的秦腔角色还有白娘子、花婆、李彦贵。

如今，爷驾鹤西游快四十年了，父亲也于世纪之初故去。20 世纪 90 年代，父亲来西安看病，第一个要求就是想到戏园子看一场秦腔。我去买票，满城都有卖票的，就是没有秦腔票。卡拉 OK、交谊舞、歌星演唱会、时装表演、芭蕾、话剧，就是没有演秦腔的场子。父亲很失望，他说："现在社会秩序不好，人心不古，风气坏了，就是因为不演秦腔了。"

但我不得不告诉父亲："秦腔剧团有好几家，咱商洛剧团的冀福记就在易俗社当团长，但排了秦腔戏又没有人看，就你几个乡下老汉看一场戏卖的票还不够电钱。"父亲没有再言语，这是事实。这事实内含的道理父亲说不清楚，我也说不清楚。

所幸新世纪来了，省戏曲研究院宣布天天演秦腔，而且每天还向民工赠票。更可幸的是院长陈彦亲自编写剧本，《留下真情》《迟开的玫瑰》《大树西迁》《西京故事》，一台比一台火，有两台还被列入"国家舞台精品工程"，荣获多项国家大奖，并出演十多个国家。

唉，我家三代人都痴迷秦腔，要是我爷还活着，要是我爸还活着，就是背我也要把他背到现代化的秦腔剧场去，叫老人坐在软椅子上，美美地看一回秦腔！

终南三弄

弄苔

这声音短促而有韵味，有金属的质感，又有软物的弹性。那么"咕嘟儿咕嘟儿"地响，是地壳的脉动？还是地心的胎音？其实，最平淡不过了。是终南山里一条无名小溪，于源泉处，婴儿似的，眨一下眼珠儿，发一声单音。于是，小泉就有了活泼的笑脸，就有了童真的歌声。这是喜马拉雅巨型纬向构造带中的一个小皱纹，或许连牧羊人也无须瞧它一眼呢！

可是，它有它的臣民，它有它的生态群落，泉畔那沤湿的风化崖上，葱茏茏一片绿苔，微观了去放大，其实是无际的原始森林！虽然，它们获得的，仅仅是一隙儿折自泉面的、被滴水揉碎了的阳光。没有晨晖青春的璀璨，没有骄阳巨硕的热量，没有晚霞眩晕的骚情，甚至没有月光阴柔的慰问……可是，它们活得很好。

虽说是构造简单的配子体植物，可它的主体意识并不比高级灵长类弱。它无须索取氮磷钾，更无须阳光雨露，它自己的配子体就能将水分和无机盐制成有机物，独立地、完善地营养着自己。仿佛山里人家自产谷黍以酿酒，自我鸣掌而作乐。世人爱热闹，却为何要千方百计地到这地方来游览，来呼吸新鲜空气呢？

人们采撷了大把的红花绿叶，采集了象形的树根怪石，谁正经瞧它一眼？那位着高跟鞋的妖艳姑娘被青苔滑倒了，反骂这是"鬼地方"，鬼地方有如此清澈的甘泉吗？鬼地方有如此水石的妙乐吗？

保不准某一日这山水就枯了。可这青苔呢？虽然它曾经贵族得高雅，"丹庭斜草径，素壁点苔钱"，可它也平民得彻底。没有水了，到干崖上去，到老树皮上去，化作星星点点的石花，于饥荒岁月充了山民的肚腹，也算没有枉占一片地皮啊！

保不准某一日山洪就来了。山洪摧倒了树，搬倒了山，可于青苔并不十分计较。它们是在比试威势，而青苔没有这个上进心。它依旧制造有机物，依旧营养着自己的生命群落，水有枯日，山有崩时，可是青苔，于不知不觉中将莽莽终南山裹了个紧……青苔老死新生，层层叠叠，许多年之后形成泥炭，储巨大热能于地底，一旦燃烧起来，可是不得了的事情。

弄根

这崖土朽成锈红色了，沙砾也炒过一般的焦；厚本的岩体被腐蚀得失了硬的形态，只是一堆烂肉般软着。这一片作着 30 度倾斜的终南山阴坡，几乎百草不生，却繁衍着一种植物，多年生的草本，叫远志。远看毛茸茸一片，于粉白中沉淀着暗绿，有铁质的沉重。其叶细密如纤毛，其茎体长仅五寸，终南百草中，它没有萱草根深叶长，没有桔梗清秀华美，它有什么呢？总状花序上的一串小紫花儿米粒般细微，释放出的一丝儿幽香，对巨硕的终南山实在可怜得可以省略。

其实不然。扒开锈红色的砂石看吧，力量全在这儿呢！这是密如蛛网般的白根，立体交叠，铁锹刨之如撬筋板，揪一节根毛观察，全然不是铅丝般死顽；这根白嫩细软，根皮极易剥下，肥而透亮，浸出一种白乳，黏手若胶质。山里人告诉我，这就是药材，根含一种远志素，有苦泄辛散温行之效，可通心窍，散气郁，对痢疾杆菌、伤寒杆菌、结核杆菌都有显著的抑制作用。

我实实是不敢小看这草了，想这终南山重峦叠嶂间，说不准有多少不起眼的草虫，潜藏着的力量远比空中飞龙、云中雷电要强大得多呢!

于是我研究这瘫软的崖体，想它多年之前必是陡峭的，必是刚硬的。可自从山中小鸟儿衔来一粒扁薄的翅状果实，果实于崖缝儿里萌出一叶碧绿，从此就有了一种金刚钻般的持久作业。那是无数代的繁衍，那是持续不断的根系的研磨；其间有过百日大旱，有过野火烧山，有过岩浆的外溢，也有过洪泽和冰凌。如此，客观的追杀并未剿灭了它。它钻到崖体深处，从内部萌发蔓延，成网状。于是，铁板一块的崖石破开来，由一而二，二而四，几何级数地无穷下去，直到陡峭变作了倾斜，刚硬化作了稀软……

山里人就笑了，告诉我：气壮时，万万不敢由着来；弱小时，万万不要认了命。

弄鱼儿

仿佛一把麦糠，可它们都有思想；仿佛一撮鞋钉儿，可它们都机灵敏捷。水从石头上跳下来，窝一个潭儿，窝一个潭儿，潭潭勾连套叠，便有了串珠般的透明世界，便有了终南山生动快活的精灵——有位旅行家这样向我描述终南山溪里的小鱼儿。他说，有人叫它桃花鱼，显然是胡诌。桃花没它长久，空有一片艳色，过了却落地成泥。山里人叫它山白条儿，却认定是沙子儿变的。理由是山洪常常暴发，冲走一群，又出来一群。

我作叹这谜一般的生命现象。但见冷硬的流水，或扑、或跌、或喷，飞刀疾箭般，噪叫着飞射而下。潭是有的，全是石头包砌，同样是硬。你想：激水硬石日日击撞，怎么就会有了生命？

我们把上游的水引到别处，潭就静如处女。我们一桶一桶将水舀出，未几，粗沙的凹底就出现了，并未见到什么"山白条儿"。石缝间有几尾鱼影，掏出来，竟是柳叶，色黑而油光。那生命呢？

水又放回来，咚咚作响如银锣敲击。旅行家就骂了，说是上游人"日鬼"。我们又撵到下一个水潭，蹑手蹑脚着去接近，怪了，真有小鱼儿，二寸长短，三尾五尾地逆水过来，忽而上冲，于白浪跌荡处返身跃回，在空谷里划出几道银白弧线，给人心灵以惊骇！

我们伏卧不动，那小鱼就多了，十几尾一群，从曲流奔走的水里，悠悠然逆上来，若绳引线牵一般。稍有响声，它们就静伫不动，如砂石一般沉得老实。旅行家潜到上游，引离水流，怪事出现了，水声一止，这群小鱼儿就慌慌忙忙蹦跳着到下游去。潭是静了，可那生命逃走了。于是便知道，如此小小生命，竟也离不得冲击和运动，况乎人也？

终于自制了一张网。小鱼儿是网住了，却拉不上来，伸手去掏，竟和水底石块粘连一体，搬不动，抠不下。是石块生了它，它又还原作石块了吗？生物进化史上没有这个理论。

于是动用了刀子、铲子。人类的卑鄙常常在于使用新式武器。可怜的小鱼儿被弄上来了，原来腹下竟有一个吸盘！我们立即就愚蠢了，人类二百万年的智能进化被我们糟蹋净尽！

活的生命需要活的环境，静的空间难有动的生命。旅行家打了自己一掌，同我商量，说："跳崖吧！"

我说："急什么？待我写下了《终南三弄》再说！"

三原写风

先是一些槐树或榆树的根团，铸铁般黑得沉重，又舞龙一般旋扭延伸，偶而挂一蓬茅草，兜一团黄土，那槐或榆的浓荫就斜落下去，绿了峭陡的河谷。河不大，未有岭南汉水姊妹的清澈和嫩俏，也无陕北诸水的浑猛和狂野。这里的水，一如藏在山涧竹丛的村姑，美貌说不上，却有诱人的内秀和柔性，绣楼上的高消费不曾有，荷锄扶杖的勤快却远近称道。最耐寻思的是河岸，未有钢骨水泥的块垒，也无兵阵一般的护堤杨柳。这河是从平地上切出来的，陡上陡下的河岸动辄几十丈高。一刀到底的黄土，青沙卵石之类罕见。从地表，那丰产小麦的一米深熟土层，呈膏油样脂肥。接着就是系挂槐榆根团的层面，为分泌着奶油样的液的粗糙黄土，其结瘤状团粒垒卵般排列，数不清的细微裂隙为秋风斜雨沁入提供了穴口，所以这一层生长着多根而小冠的乔木。再往下，团粒细密，土色见浅，文化层叠压交构的深浅曲线沿河床的走向逶迤而去，偶尔就露出一方秦砖的断角或汉陶的残片，说不准就是一座古墓，或高祖李渊献陵的石雕，或唐国公李虎的陪葬。再往下，接近沙床，是色质锈红的斑土，旱风吹落，常在岸基处聚成豆粒状小堆，据说这红斑土泡井水喝可以医治喉咙疼。

水流平缓。未有佩环般的鸣啭，也未有波浪的滔滔。是悄没声息的。间或水色发浑，大都是上游在淘洗，或者，一群奶山羊正在水边捣乱。水流拐曲，明光隐映，常叫人疑心是红裙闪动，丽人游行……

这就是清峪河，这就是浊峪河，这就是赵氏河。三条河挽臂北来，三原县就有了孟侯原，就有了丰原，就有了白鹿原，就有了569平方公里的肥沃土地。地处鄂尔多斯地台南缘的褶皱带，所以宏观上并不平整。因为不平整，就显了平原的温柔、台原的刚强和嵯峨山的傲拗。黄土的丰腴，秦人的倔悍，位近古都城而特有的亚市民优越，构成三原人威猛又闲惰的历史脾性。这是一种容易生养将才的文化土壤。李渊是将，李靖是将，于右任也是将。

所以，陵前镇的秦川牛就忽出一声悠长的吼叫，连半边房的窗纸也震动了。村边场地上的汉子却动也不动。他手端耀州大老碗，卧虎一般蹲在石碌碡上，汗珠如油蓄满额头皱纹，皮带宽的油泼扯面在黄种人特有的铲形门齿下被截断。他吃面条像剪板机切割钢带。院墙是木板夹击夯实的楔形土墩，有关中叫驴在那里打滚，黄尘就蒙了半边天。

村庄巨大，一村如一城。旧时有高墙护卫，遇有强人攻掠，全村老幼同仇敌忾。村村间距甚远，有笔直道路勾连，俯视肃整如棋盘。土地丰肥，粮贱棉贱烤烟也贱。郑国渠滋养祖先，也滋养子孙，40万亩的灌溉面积上产出优质小麦，所以蓼花糖受到慈禧太后的重视，美乐羊奶粉荣获泰国消费者青睐。更不说泡油糕和千层饼了，更不说"弹土木之功，穷造形之巧"的城隍庙了……

说话间村东的旧戏楼上就急雷一般奔响了板鼓，霎时金钹开鸣，银锣疾敲，鼓点爆豆般更急更密更响，由远而近，扑面而来，台下的人群就水浪一般涌动，个个脖颈高竖如鹅，连脚后跟也悬空了。谁家媳妇就骂，说是蹭了她的裙子；又有妇人起了哭声，蹲下身去寻找绣鞋。那些鼻梁上架着石头镜、大板牙上咬着旱烟锅的汉子只是不管，目光朝台上劲瞅，脚下就不自主地前移。台上的疾锣迅鼓中就翻出一员大将，背插靠旗，顶戴长翎，大刀挥处黄风翻滚，铠甲飞动锦鳞闪耀，台下人就禁不住喝彩，他们不善鼓掌示欢，只一个劲儿地"噢——噢——"。正叫好着，板鼓就戛然而止，一时间台上台下鸦雀无音，只听一声尖厉的板胡响，那台上的武将就虎啸一般锐声高唱，连40里外清峪河岸的斑土都簌簌地震落了。台下又是一阵喝彩。那些戴石头镜的秦腔迷就议论说，这是谁家的小子，在西府唱红了天，外号叫西北一声雷。

雷声常常挺响，落雨却不大，北部的旱原上水就金贵。特别初夏的干热风一来，于麦熟是吉祥，但于秋作物的生长却是灾害。所以引进一万万立方米的客水就成了原地人生产生活的依靠。没有水，叫驴的打滚有那么强劲吗？秦腔的叫板有那么响亮吗？锅盖大的烙馍有那么大的名气吗？

清凉的月亮在湛蓝的夜空静凝，戏立了。《辕门斩子》的惊悸在掩门闭户的笑说声中消失。狗咬了一阵，墙头的榆钱儿一骨朵一骨朵地鼓胀开来。一时，有了清甜的浓香，有了温薰的羊粪味儿，有了种田人黏稠的鼾音，村西唐王墓的石碑就凝上了沉重的露珠……

礼泉散记

　　三棵两棵的老杨树，歪歪斜斜着身子，疙疙瘩瘩着长上去，枝梢极瘦，甚至被人为地卸了顶，所以天空就显得极寥阔。旁边是园子，5000 亩的一个园子，密植着矮化苹果，亩栽 124 棵。今年是第五个年头，到了高产期，年年 1500 万元是保守的数字，农民学狡猾了。这些疙瘩杨是大农业时的遗物，少说也长了 30 年；30 年，它长了满身的疙瘩，也长了满身虫洞，本该早伐了，可几位老人硬要留下，连同那一排破窑洞，连同那个直径 2 米的大铁锅，还有一座土高炉的遗址。人都说没有必要鞭笞畸儿来展览历史，年轻人也说让几株枯杨枉占一片天空实在不合算，但几位老人执意要这样，他们说也是为了儿孙后代。

　　这是在陕西礼泉县，黄土高原的塄台地带，所谓缺水的北部旱原，往昔的黄尘瘦容已成历史的记忆，15 万亩水果林带河流一般起伏在黄色的台地上。关中汉子的丑陋不见了，唯见打洋伞的小媳妇在果林深处戏笑，红衫闪动，有歌子遥遥飘来，是邓丽君沙瓤儿的嗓子，一个逼真的模仿。

　　大轱辘的牛车还在，高架起来，撑了帆布的篷子，成一个看守园子的凉亭；牛还在，慢条斯理地嚼着甘薯，养得胖胖的，西安大麦市街来的宰客打量着它；路边的落果在草丛中肥硕，三颗两颗的红艳让人垂涎，一只鹊雀踩着果子静立，远处的鸟巢上垂一穗红高粱。难怪没有了贼，贼吃饱了。不，一年二年的果苗儿时而被人偷去，是他务的园子缺苗，不够 124 棵。农技员技术服务是按亩收费的，县上征林特税也是按亩收的，棵数少了就吃亏了。

　　新砌起的青堂瓦舍里，猛然传来一阵吵，是谁家的婆婆骂儿媳，骂得这么好听哟，秦腔的音韵，板胡的旋律，枣木梆子的节奏，油泼辣子的热火，全在里头了，全在里头了!南方来的记者就打开了袖珍录音机；县上的陪同人员赶忙制止，说这是骂人，骂得好难听哟，好不入耳哟! 问及原因，说是果子收获的大忙季节，儿媳却去杭州旅游，归来了一不上树二不下窖，却只是个打扮、打扮，婆婆就躁了，从苹果树上骂到苹果窖里，这儿媳还有涵养，大约是高考落榜者之类的文化女性，她没大反嘴，只利利索索地整理旅行袋，完了又要走，婆婆追到了大门口，又要骂，儿媳撂下一句：杭州建设路八号。婆婆正愣着，人家小屁股一拧上了门口的的士，婆婆还要追，儿子骑摩托车赶到，说是他们在杭州开了一爿水果批发站，礼泉的旱原果子他们一次要运走五卡车。

于是，人们知道，今年中秋，杭州水果市场，几乎是礼泉果子一枝独秀；沙头角和香港，八两以上的秦冠贴上福字当供果，卖价折合人民币 20 元一个，挨骂的儿媳妇留下信息远去了，长着大门齿的黑脸儿子一边扶老妈上炕，一边账算着自家的 5 万斤果子窖藏到来年三月需要多少"环糊"浸泡，老妈在炕上冲儿子长"哼"了一声，说一想起你那花花媳妇就有气，可一看到满树的红果子气就消了。苹果在黄土高原上成了家庭摩擦的润滑剂。

收了果子，翻耕土地，施入菜油渣，又筹措专用的果肥；化肥他们不用，农药极少用，国际贸易组织测量这里果子的药物残留，夸赞这是一片未被污染的土地，水果要进入欧美市场要经过严格的检测。黄昏里，农技站仍人群熙攘，有电灯大放光明，是一期培训班结业了，在一幅"歪门邪道""左拉右扯"的横标下，学员们争议着农技师为剪修苹果树总结的这个八字方针……

狗咬了，一群狗都咬了，是天黑了，果园的警戒者竖起耳朵捕捉每一丝声响。半个月亮卧在宗山，唐太宗的子孙们夜夜劳作。月光清寒如水，关中大平原沉静而朦胧。碰畔的大榶柿熟透了，"嘭"地落下一个，又落下一个……

商州的灯

　　商州的灯是一簇惨烈的火，商州的灯又是一点如豆的余烬，商州的灯燃尽了老祖母的最后一滴菜油。之后，化作世代的清泪、无望的劳作，一如阴冷而恍惚的磷火，一如细碎而闪烁的波光云影……

　　那是一些怎样的岁月啊？每一个日出都点燃希望，每一个日暮都抱回叹息；每一个年头都播种汗水，每一个岁尾都收获悲凄。爷的腰是这样压弯的，爹的背是这样扛驼的，祖母的铁门闩磨穿了门板，老妈的小拧车磨断了轴；无数的麻耳子鞋勒细了父辈的脚筋，八斤半的桑木扁担挑不起连阴雨的老云；湿柴火烧不热稀面汤，孤灯笼照不亮奈何桥；烟袋是撕心裂肺的咳嗽，泪烛是儿女亲家的温暖……

　　文化的悲叹，非文化的喷嚏；地理上的贫瘠，天缘上的背时；土匪也罢，逛山也罢，泥水匠也罢，庄稼人也罢，一切的交错和缠绕，全在旧历年关的前夜和黎明；一切的演绎和推理，全在对于光与亮、灯与影的崇拜之中。那或许是薄雪的除夕，再寒碜的团圆饭也得有祖宗的一双筷。堂上共仰遗徽，垅上犹留劳绩，献食的热气里氤氲着儿孙的脉搏，双点的明灯里暗红着爷们的期盼；流不尽的烛泪，烧不断的灯芯，忠厚传家久，勤俭继世长，从庭堂到老坟，点燃了线香，焚烧了纸钱，一盏灯就挂在了祖先的阴宅上。

早先是漆蜡，插在油纸糊的灯笼里，铁绊儿上带着钩，挂在古柏的老桩上。后来世风日下，用了墨水瓶儿做的煤油灯，倘遇雨，需在灯上苫了遮盖，倘有风，灯置于低处且要用砖石砌了围子。再后来，到了耍阔的年代，再老的先人、再荒的祖坟，都一律重修墓门，甚至树了碑，墓门楼上必造一个灯塔样的阁室，讲究的还绣了壁画、刻上对联，一如生前的财东。这阁室就是专为年节里给土中的前辈放置祭灯用的。

见过一对老夫妻，就住在他们的墓里。说是独生儿子在外发了财，回来给健在的父母修了青堂瓦舍的大墓，之后又去外边发财。但其妻不孝，打之骂之虐之，老人无所栖息，便住到墓里过日子，所好是双合墓，一边做卧室，一边做厨房，虽冬暖夏凉，可被遗弃的况味使路人沉重得抬不起腿。

乡人最看重的，当是堂上的灯。旧时人家，堂上灯火，有四烛的六烛的八烛的，烛台有竹木的锡的铜的银的，也有穷人，烛台是泥捏的方坯或冬储的萝卜。烛台里边是香筒，香筒中间是香炉，香炉后边是插屏，插屏之后是神牌。那是一面墙的正楷书法，在香烟烛火的肃穆中，可见排列严谨的熏黄字迹："某氏历代祖宗考妣大人神主"；祖宗神牌的两边，堂联高悬，是谓"继世衣冠皆祖德，满庭兰桂是春光"。

堂上的灯照着活人，活人在大场里疯跑竹马社火；堂上的灯也照着死人，死人的灵牌在香烟中变黑。跑社火是篝火和菜油灯的迷阵，人们在锣鼓家伙的暴躁里把对当年的戚伤转化为对来年的期喜，糜子多打了几斗，荞麦多产了几升，娃娃的花裹肚、媳妇的红围巾、老父的窝窝鞋、老妈的丝帕子，就全在了里头。来年的来年，跪在了祖宗的灵牌前，就心绪释然如同把孝敬落到了实处。

时代说中间就开放了。有人买了彩色的串灯，闪烁且鸣唱音乐，把祖庭装扮成流行歌厅，祖先就在阴司里卡拉 OK。还有长燃不息的电香，只是没有芬芳，喷洒了法国香水又有了舞厅的情侣气息。传统的子孙们，现代的人，电热毯的微麻代替了火烧炕的柴烟，羽绒服的轻盈置换了老羊皮的沉重，喜结百年之好的大典废弛了，天地不拜了，列祖不拜了，洞房花烛夜的羞涩和甜蜜没有了，这块盛产小米的黄土地上，如今也流行试婚呀同居呀等等千变万化的生活方式。

过年就是赌钱，小赌是耍，大赌是博，娃娃们滚核桃，媳妇们弹宝阁，婆婆们抹花花，青壮年打麻将。

过年就是看电视。

中央、省、地、县，大小电视台都有晚会，大小电视台都欢声笑语，偶尔，就把坟上的灯忘了送、忘了收；偶尔，就把堂上的献食忘了贡、忘了撤，花狸猫就吃了里边的油炸果子，就抓了里边的红白方块肉——九十五岁的老祖爷就捣着拐杖骂："难怪没人忠孝节义了!难怪没人忠孝节义了!"

除夕可以淡化，初一可以迟起，破五可以不过，但元宵是省略不得的。大场里耍灯，小场里跑社火，旱船竹马全靠灯。狮子进了门，没两条"窄板猴"一瓶"墨西凤"东家就下不了台。

热闹拿钱买。

光明也拿钱买。

再贫困的家庭，门口的两盏灯总是要挂的。讲究的挂金属宫灯，不讲究的挂塑料灯，也有别致的自制、新潮的奇巧，最马虎眼的也要让两盏光灯泡一夜亮到明。

早年岁月，没电视。场子里闹元宵一闹就是通宵，屋子里长明灯一点就是一夜。堂上的不屑说，门上的不屑说，单四屋八角不点足九九八十一盏灯是不算数的。厕所里、灶疙瘩、门墩上、牛槽里、水瓮里、面缸里、马勺里、磨房里、炕洞里，等等，一切空腔之地、一切有容之处、一切有称谓而不露天的所在，哪怕长虫窟窿老鼠洞，凡能容纳光亮的地方都须置灯!灯具五花八门。有切一截萝卜插上蜡烛的，有一只酒盅淋上几滴麻油的，但大部分是用粘面做的小灯盏，里边倒了菜油，浸入二寸棉线，点燃了就是一盏无烟的灯、明亮的灯、散发着抒情与幽香的灯。子夜一过，黎明到来，粘面灯燃尽，收了灯盏，切成小块煮了炒了蒸了就是一锅美食，就是儿们孙们一个佳妙的记忆，就是父们兄们上山打柴之前的一顿结实……

粘面是苞谷面，经发酵之后、糖化之后，成一种具有延展性和可塑性的半成品食物。用之做灯只是吃它之前的一个序幕或引子，所以驱除黑暗或鬼魅的最终目的是为了吃得美好和顺利。

有一个怀孕的媳妇，五黄六月天啥也不想吃，丈夫拿来米她不吃，拿来面她不吃，拿来肉她还不吃，丈夫说宫里的皇帝娘娘也不过就是这了，这媳妇说：皇帝娘娘是天天有柿饼吃哩！大热天她想吃柿饼。

商州人家的列祖神位两边，最常见的堂联是："耕读传家久，诗书继世长。"这里边蕴涵着一个悠久的信息：世界上什么问题最大？吃饭问题最大!民以食为天嘛!圣人这么说，伟人这么说。耕读传家，又是一个永远的叮嘱，只耕不读无人上之食，只读不耕无家居之食，红袖添香夜读书，至少也得吃一块红薯嘛!

吃是中国传统文化的骨骼。

灯光照耀的是吃的期冀。

青城观雾

  出四川灌县西南 15 公里，有山葱茏，终日绿雾旋绕，是谓天下第一幽地青城山也。山体蹲伏，其貌平和温柔，不见悬崖峭壁，唯有绿草涌动，树木堆叠，一层层波泛着翻卷上去，又一迭迭摇曳着荡落下来；草茎鲜嫩，树身苍碧——好一处以绿为底色的生命群落!这个群落，冬去春来，天地演化，落英缤纷，百草枯荣，遂成一处炼天理而修人欲的好所在。难怪 1700 年前就有人在此居山结穴，修身布道，成就一代天师，遂为后世之神明也。

  丙寅夏初，赴成都参加小说讨论会，会中同仁相扶登山。初始路面平易，继之崎岖窄小，有石级便道，旋转扭斜。十米之内，螺环数折。有老翁盘腿坐于道边浓荫，出售盆景拐杖，有购者便慢言对答，无购者则闭目养神，其态恬然，神形入化，若老君坐静也。中国作协书记处书记韶华先生触景生情，说中国哲学之一脉便是清静无为，顺乎天然，其积极意义在于人与自然间庄严的契约关系应该加强而不应当削弱。话题触动了《湖南文学》编辑部主任刘云，她说，当现代文明正高速推进的时候，人自身的生存环境却日见危机，噪音、粉尘、废气、污水、癌。鸣啭的黄鹂不见了，人们便金丝笼里饲养山雀；森林减少了，人们便在阳台置一片绿丛；江洋大河的鱼类遭污水毒害，人们便蹲在客厅看鱼缸里锦鳞游泳……话间人们议论青城山的生态植被，忧心如此的稳态植物群落在"现代文明"面前恐要显得脆弱。就在刚才，人们几翻白眼，恶斥那丈人峰下的清清溪水上，浮云般的冰棒纸和饮料瓶散发着塑料分解物的异味；绿暗幽深的天师洞前，一群红男绿女在大功率手提收录机的噪响里抽筋扯颈，混乱而喧嚣。呵呵，这"青城天下幽"的道家福地不正处在"现代文明"的阴影里么？

游上清宫，知此福地创于晋，兴于五代，毁于明。麻姑曾在此浴丹，张献忠曾在此跑马。几经兴废，世道升平则山清水秀，地灵人淑；天下纷争则庙圮道绝，恶瘴弥莽。然当今之世，国泰民安，却何来如此无孔不入的"现代阴影"呢？

思无解。登 1600 米的青城峰顶，于草丛苔绿之上仰卧，观蓝天高远，白云悠悠，忽然耳际就有了响声。翻身细察膝下，见树根草叶，逸出缕缕白汽，袅袅然蒸腾聚汇，顷刻便成雾海，十步之外不辨景物。想这物理天相，鱼龙幻化，原在眼底演绎!遂拨草寻问，见红砂碎石之下，毛细微隙之间，水汽沁泄，绵绵不绝，咝咝有声。忽然，我就明白了，这是山在呼吸!呼吸出清静自然，若此时有人伐薪抽水、开山放炮，便成物欲炽盛、阳火上亢；便气孔阻滞，万物焦枯。

庄子有言："有机械者必有机事，有机事者必有机心。机心存于胸中则纯白不备，纯白不备则神生不定。神生不定者，道之所不载也。"

道不载，安有生态自然之平衡乎?

太白山风物记

　　太白山的脊岭上，有一排旗形冷杉，主干高拔，枝梢一律向东伸展，远望如旗帜之飘扬，而主干西边则裸露无皮侧枝，又都折断如骨茬高擎，观者无不动容，叹这倔强的性格、刚毅的姿态、悲壮的情怀，活生生地演绎着一个战士的品德；看他忠守山梁的形象、义薄云天的气势、坚忍果决的态度，不由使人想起中华文明史上那些脊梁式的人物，治洪水的大禹、写《史记》的司马迁、抗金的岳飞、抗日的杨靖宇，等等。试想每当隆冬大寒之时，烈烈西风从山梁上刮过，如刀削斧砍，这冷杉树干上朝西的侧枝作过多少壮烈的抵抗，那些朝南的朝北的枝梢全都横向折断，而正面迎着西风的侧枝却如剑如戟在殊死搏杀，一年又一年，春夏长成的枝节，在寒冬的朔风里被一茬茬地摧折，又被一层层地剥皮，露出木质的断茬一如森森白骨，指天明志，怒不可遏！这不仅是山脊上一排树木抗击残暴的雕像，也是中国人刚毅个性的另类写照，更是太白山向世界召示的一种精神和品格。人们奋力登山、辛苦跋涉所何为？就是为了寻找这样一种收获、一种启迪、一种难以忘怀的耸立于天地间的巨大形象的列阵，人们在此摄影留念，要把太白山的精神带回去，把太白山的"旗帜"永远珍藏在身边。

这是太白山为中国人重塑民族精神所做的贡献，也是秦岭这条中华龙腾跃于世的动力所在。秦岭，以东西走向横亘在中华版图的中部，被称为中国的龙脊，太白山是秦岭的主峰，那么太白山就是龙脊上最高的脊鳍。广义的秦岭西起甘肃省临潭县北部的白石山，以迭山与昆仑山脉分界。向东经天水南部的麦积山进入陕西。在陕西与河南交界处分为三支，北支为崤山，余脉沿黄河南岸向东延伸，通称邙山；中支为熊耳山；南支为伏牛山，其南部一小部分由陕西延伸至湖北郧县。秦岭山脉全长 1600 公里，南北宽数十公里至二三百公里，面积广大，被称为国家的中央公园。狭义的秦岭是秦岭山脉的中段，位于陕西关中之南的一部分。"秦岭"之名始于汉代，又因位于长安之南，故亦名"南山"。

秦岭这条龙，不仅有中国南北分界的地理学意义，更有着中华文化的诸多禀赋和意象。首先，百善之先的孝——孝的诸多故事，如一串明珠闪耀在这条龙脊上。

秦岭东部，华山绝顶，有一则广为传知的神话故事：小沉香劈山救母，华山西峰也因此被称作孝子峰；由华岳往西，到韩愈写

"云横秦岭家何在，雪拥蓝关马不前"，蓝田境内，有座王顺山，中国古代二十四孝之一的"王顺担土葬母"的故事就发生在这里，王顺葬母后就在山上修炼，唐代大诗人白居易赞之曰"昔有王氏子，羽化升上玄"，山腰建有"孝子祠"，供奉"孝神王顺之位"，因此王顺山被称为"天下第一孝山"；由此往西，到秦岭中段，在西安城南之终南山侧，有太乙山，山上的大台、文殊、清凉、灵应、舍身五个如台小峰上建有众多寺庙，称为南五台，《关中通志》载"今南山神秀之区，惟长安南五台为最"，唐太宗李世民之母笃信佛教，每年数次前往终南山之南五台朝拜，往返百余里，旅途劳顿，李世民为母尽孝，特仿照南五台在宫城广运门以西、太极宫南墙上，沿起伏地势，筑起五座高台，台上建有佛殿，供其母朝拜，这也是因秦岭而缘起的帝王之孝。

秦岭的文化负载还不止于此，佛教的八大宗派中，有六大宗派的祖庭都在秦岭及岭北地带。"终南千峰耸翠，以楼观为最名"，这就是号称"天下第一福地"的道教胜迹楼观台，老子在这里著《道德经》五千言，并在楼南高岗筑台授经。由此再往西，龙脊蜿蜒到周至、眉县、太白三县交界之地，突然朝天一拱，耸起一座高峰，这就是秦岭的主峰——海拔 3767 米的太白山。"太白积雪六月天"

为关中八景之一，唐代高僧道宣在此创设戒坛，传扬律宗，是故太白山被后世称为律宗祖庭。又有文献记载，道教三十六洞天，"太白居第十一"，隋唐以降，太白山地区的儒、释、道多次出现三教合一的趋势，因而在太白山有"三教同源"的说法，李白曾写《登太白峰》诗，其中有"太白与我语，为我开天关。愿乘泠风去，直出浮云间。举手可近月，前行若无山"的壮语。

秦岭延伸到甘肃省的天水市境内，在小陇山有座孤峰，山体悬崖壁立，状若积麦，其上凿有佛教石窟二百余，为中国四大石窟之一，被称为"秦地林泉之冠"，是古代雕塑艺术的宝库。杜甫有诗赞曰："野寺残僧少，山园细路高。麝香眠石竹，鹦鹉啄金桃。乱石通人过，悬崖置屋牢。上方重阁晚，百里见秋毫。"

中国地形，西高东低，说是由共工怒触不周山所致。传说不周山是天和地之间的巨柱，天柱折断，天柱上系着大地的绳子也断了，于是大地向东南方向塌陷，天空向西北方向倾倒，江河朝东奔流，日月星辰向西边降落。天地间，要有支柱，否则天地倾斜；人世间，要有廉耻，否则尊卑不辨。《管子·牧民》曰："国有四维，……一曰礼，二曰义，三曰廉，四曰耻。""守国之度，在饰四维"，"四维不张，国乃灭亡"。孙中山创中华民国，将中山装定为国服，其所寓意义即是：前身四个口袋表示国之四维：礼、义、廉、耻；门襟五粒纽扣是区别于西方三权分立的五权独立：行政、立法、司法、考试、监察；袖口三粒纽表示三民主义：民族、民权、民生；后背不破缝表示国家应该和平统一。

而作为人，作为堂堂中华人，以"忠孝节义"为人之四维，四维不张，人性塌缩，精神空洞，看太白山梁上的旗形冷杉，一种中华人格的旗帜在烈烈招展、高格飘扬，有此民族之精神作奠基，大中华必将高标于世界民族之林。太白山下，有"汤峪温泉"从岩层溢出，一种灼热的喷射着冲天豪气的力量在亘古涌动；又有先民，以此温泉之水造酒，其水的形象、火的性格便张扬在龙脊南北，"太白酒"以其绵厚醇隽凝聚秦人意志，又以刚烈后劲名传中华，这其实正是太白山的性格、太白山的精神。

秦岭四周，函谷关、武关、大散关、萧关，环卫着这条中华龙的东西南北，使以"龙"分水的长江黄河长久安全地滋润着中华大地。秦岭之北的渭河，是黄河的最大支流；秦岭之南的汉江，是长江的最大支流。中国大地上最大的两条河流上的最大支流，夹裹着秦岭太白这座奇特的山。或者可以说，是这座博大精深的山脉养育出两条具有非凡意义的河流。而秦岭和黄河并称为中华民族的父亲山、母亲河，之于中华上游文明和原典文化的意义，就是长久地支撑着民族精神和沾溉家园的活水源头。

汤峪温泉、太白酒，雄壮了山的魂魄，也哺育了秦岭得天独厚的生物资源和奇珍异宝，熊猫和金丝猴、朱鹮和黑鹳，这些活跃在中华龙脉上的风物珍奇，与周、秦、汉、唐的绝代风华相辉映，成为华夏文明的吉祥和福分。作为炎黄子孙，我们传承的责任和担当的精神应该如太白山一样高擎、如"太白酒"一样浓烈、如"汤峪温泉"一样不竭喷发，由此，地球的东方才永恒地耸立着一个个大写的中国人。

辑
二

丝路掠影

清明雨

　　清明是一种境界。细雨鱼儿出，微风燕子斜，画出了田园的明净，也唱出了畴野的动律；雨鱼风燕的瞬时风景，集合成二月的永恒格调：清明。也就有了"绿遍山原白满川，子规声里雨如烟"的磅礴大气和四月的歌谣，从而凝成"绿肥红瘦"的思想高度和"闲人少"的村社底色。春已过了"草色遥看近却无"的羞涩和隐忍，却还未到"细水浮花归别涧，断云含雨入孤村"的成熟和感伤。清明是人物的行迹、事物的状态，如杨玉环的脸、赵飞燕的脚、二旦他娘的针线笸箩；清明时节雨纷纷，路上行人欲断魂，不该死的亡人，被拆散的亲人，无定河边的骨，春日梦里的情，都在清明时节一齐警醒，都在祭扫坟茔的幡旗下洒一把相思泪。

　　清嘉庆十三年，一位头戴草帽的农人从商州牧护关翻过秦岭，向富平县进发。他赶着三头牛，差不多走了十天。他就是一个欲断魂的行路人，在清明雨的泥泞小路上，他且哭且行，一任大犍牛去啃路边的草根。

　　他是我的先祖，去富平孙家庄祭坟。牛是他向老家族人的进贡，他的名字被写在孙家庄的族谱上，被刻在祖爷的墓碑上。他在孙家庄参加隆重的祭祖典礼，之后照例要留下十天或个把月，帮助族人干农活，锄地或赶大车；他也动员弟兄多的人家到商洛山去，烧荒开山，丹江两岸又是一铲平的水田，鱼多得当粪上苞谷哩!陆续就有人迁到了商州的王那村，也不断有人卷了铺盖返回富平老家。王那村这边，丁口特旺，百十年便衍成一个村子。可是年年清明节，都要派了代表赴富平祭坟。到我父亲这一辈，孙家庄在王那村这一脉，整整繁衍了十代人。爷到死都念念不忘富平孙家庄。他说他爷手里还去那边祭坟，他要我成事了一定去富平看看，去给先人烧一刀纸，上一炷香。爷说，他爷告诉他，孙家庄在富平，但有四十亩一整块地却在临潼。先人手里，为地畔子还和临潼人闹过事。

尽管我不知道富平县有没有孙家庄，但这"四十亩地"是一个重要线索。20世纪70年代在富平的美原和临潼的相桥参加夏收，多方打听孙家庄没有结果。三十年过去了，爷爷也过世二十五年了，我虽没有成事，却一直惦记着爷的叮嘱。

查资料，得知老家的地理位置大约在富平、临潼、阎良三地的交界处，就委托住在阎良飞机公司的老诗人王德芳替我打听。德芳说阎良附近有老孙家庄，又有新孙家庄，两个庄上都有八十岁以上的老人，他们说孙家庄流出去的支脉多了，老先人手里的事，二百多年了谁也说不清了。

断弦时心在寒处。二百年，十代人，在商州垦了一面坡，修了一湾地，建了一座祠堂。年年清明祭坟，年年打开长箱子晒"爷婆"。所谓"爷婆"，就是一长轴族谱牌位。十代先人的头像牌位及各代谱系绘在两丈长一丈宽的麻布上。晒了"爷婆"，捧着供盘，吹吹打打上坟。爷他爷的坟在坡根，爷他爷的爷的坟在后涧，往上各代依次埋在堰背后、柿园子、打儿窝，进商州的第一代先人埋在十里外的党原。小时候祭坟，最怕去党原，路远，又是年年清明下雨，老者们把说了多少遍的故事津津有味地重复着。说坡根的风水是金线吊葫芦，儿孙上隔代人丁旺；打儿窝的风水是金蟾穴，后三辈财运兴旺；然后就说埋在党原的"始祖"当初怎么勤俭，怎么智慧，怎么和白杨店的财东换亲换地，等等。

说是去祭坟，对我们男孩子来讲，其实是最愉快的春游。那时候在我们小学，清明节放假祭坟是惯例。我们打着纸幡，行走在湿漉漉的田间小道上，采一把迎春花的藤挽成帽子戴在头顶，折一支绽满新芽的柳条做成柳笛一路"呜啦呜啦"地吹。微风斜燕飞，细雨鱼浮头，泥泞是春天的缠绵，潮湿是青草的气息，儿时的清明，把多少祖先遗落的珠子串起来挂在少年郎的脖颈，就有了多少中华传统的沁心灌溉，就有了多少顽固不化的尊老意识、勤俭意识、守土意识、传宗意识，等等，珍珠中的沙子，沙子中的珍珠，几千年的混搅，是优点也是劣根，是长处也是短处，到如今，西方文化横行无阻，西方文明又劣迹斑斑，祭我先祖，真不知是沾沾自喜还是幸灾乐祸？

清明雨是一种沐浴，洗却的是奢靡和懒惰；清明雨又是浇灌和浸润，从内部，由干到梢输送根的浆汁；这你就不会忘了，我是从何而来；你就永远记住，我是谁家脉上的后人！领口可以裹上带子，袖头可以饰之金纽，脚腕可以拴上钻链，但你千万记住一个地名：孙家庄！

在我生活的这座城市里，是否可有富平孙家庄的后裔？我盼望去看那四十亩一整块的地，我盼望折那坟头的柳，孙家庄啊，你的老围墙，你的石磨子，你的大轱辘车，你苍老的浮云甜嫩的榆钱，这些过时的旧物，却正是我的脉根啊！

雨后荆山塬

　　一道土塬，从渭河北岸逶迤而去。一头是汉高祖刘邦之父刘湍的陵墓，一头是唐太宗之父李渊的陵墓，中间是现代革命家习仲勋的陵墓。这就是荆山塬，三陵共枕，都是开国之君，一道土塬就放射出堪舆学上的经典气息。南方来的巨富要在这里为自己身后寻找一席之地，塬上人说，寸金寸土也不卖啊！巨富不服，坐上飞机上下打点，最后算是明白了：风是多少钱一斤？水是多少钱一寸？没法儿量啊！

　　这就是荆山塬。

　　时序正交三月，阳春的红太阳正艳，小麦拔节有声，草木舒散清灵之气。却突然就有了一阵雨，毛毛地飘在脸上，温温馨馨地让人舒服。不远处的现代农业，连片的白色大棚，听得见雨滴的碎声细语，听得见春风的轻吟浅唱，那是塬下老汉吸一袋毛烟的舒坦，那是采莓姑娘心上的旋律；一张热帕搭在肩上，一盅清茶掐在指间，新采的草莓艳在盘里，淘气的黄瓜蔓子在脚边蹭痒；华丽的遮阳伞下，一方乡贤，几许村姑，他们喜悦着大棚菜每平方米的收成，也谈论着老祖婆那只老纺车的变迁……

　　雨过天未晴，一抹淡淡的雾从荆山塬上斜斜地扯下来，远处的坟陵上升腾着袅袅之气。有农妇从塬畔上一扭一扭下来，贼亮贼亮的不锈钢饭桶桶折射着云隙漏下的一束光；丈夫搓着手迎上去，妻子撩起绣花的围裙在他脖子上擦了一把，油泼辣子在地头摆开，农家饭里不含高蛋白和高脂肪，农时也不许你细嚼慢咽。正是上午十点，家家杯盘叮当。现代农家绝了炊烟，来塬上写生的画家找不到经典田园，那种林泉高致的情调断了牧歌牛叫的支撑，他只得在几孔废弃的窑洞前踟蹰，思古的幽情怎么也打不开。

　　小麦拔节有声，油菜孕黄点点。鹅黄嫩绿的背景里，是河湾里老枣林的庄严肃穆，特产的相枣原先是送往宫里的，木槽柞油只在老祖母的灯盏里燃烧。如今，全不一样了，涧畔的酸枣刺突现皇家气派，编了号的功臣树施肥只用油渣，枣子刚开花就被外贸部门定了产。一搂粗的，两搂粗的，三人不能合抱的，明朝的枣树尚存1300多棵。慈喜太后西逃那阵儿，吃了上顿没下顿，是宽厚的塬上人送给她枣儿馍，她度过了饥荒，却把"一品寡妇"的牌匾送给了泾阳县的吴家，人家赞助的30万银元能让她花天酒地一阵子。

脚下的黄土软如酥糕，饴糖的清甜顺着麦叶子向外扩散，雨露使这一片庄稼葱茏蓬勃。画家又来了，他的调色盘里怎么也调不出荆山塬上的墨绿。轰然间，他身边出现了一群羊，一群农妇，牲畜们齐莼莼咬食着拔节的麦苗，农妇们人手一只弯镰，急慌慌猫腰割着青苗，画家急了，拉住这个妇女，阻拦那只山羊，语无伦次地喊叫："这，这是破坏农业啊！"

提不锈钢饭桶桶的妇女赶来了，拉住画家笑弯了腰，她说："这地方要建一个大广场啊，机械施工队一会儿就上来了。"

画家问："什么广场？"

妇女答："黄帝广场。"

画家怒了："发疯啊，这儿离两座皇陵老远啊！"

妇女答："黄帝在这儿铸过鼎，专家都来过几回了。"

画家说："听不懂。"

他一脚踢倒画板，扛起速写架走人。

他脚下带着大坨黄泥，地畔上的小麦拔节有声。

野 菊

　　这是一条幽深的山谷。秋的凝重将肃穆的松林染成苍黛，丛生的野山楂低垂着紫红的果实；鲜艳的黄栌坠伏在山崖上，这儿那儿地点缀着热闹；一群山鸡扑棱棱飞过，空灵的响声在峰峦间愈传愈虚。春的俏丽没有了，夏的喧嚣已随流水远去；红色的裙裾化作了陕南的长调，后院里那棵苦李子树落叶太早，在沣峪口打工的小郎哥可曾收到寒衣；翻过门前的岭就到了柞水，那边的情歌早在 20 年前就顺西万路漫流过来，一曲曲的"四流句"唱尽了秋风晚雨，听歌人的泪沾巾不再是唐宋诗词里的文人情怀……

　　这就是沣峪庄园，这就是秋的情调，在绿树清溪的一掩一映中，一丛一朵的红屋顶如海棠花开。无雨时节，天蓝得人举臂欲飞。牛儿还在溪边吃草，牧童却不知哪儿去了，五角枫的枝杈间晃悠着两条光腿，醉红的叶间落下李白杜甫的诗句；野菊花在足下黄着，忙碌的小蜜蜂收割着今年的最后一茬蜜浆；小哥哥 18 岁了，秦岭山里的大学梦做了十经八代，沣峪庄园的波斯菊第一次激起他作诗的欲情。他结识了这里的园艺师，那位毕业于西北农大的山西青年，教他栽培富贵的大丽菊、散漫的矢车菊、纯真的绣线菊、粗犷的黑心菊、高傲的万寿菊，还有淘气的三色菊、轻巧的波斯菊，他们有一个愿望：要把庄园变成菊园，让游人的荷包里储满菊香；他们要把农民起义领袖黄巢的万丈豪情镌刻在山岩上：飒飒西风满院栽，蕊寒香冷蝶难来。他年我若为青帝，报与桃花一处开！

当然，在沣峪，最令人心迷神醉的，是那满山满沟的野菊花。9月中旬、10月、11月，在层林尽染的萧索中，在溪水清凉的淡泊中，在百鸟宿寞的空寂中，在少妇浣衣的歌声中，一蓬一丛的长蔓垂吊在路边，散披在崖头，静伏在涧畔；先是鼓鼓囊囊的苞蕾，淡黄的、粉红的，星星点点，饱满而繁密；再是一场秋雨，几许秋风，漫山遍野的残绿衰翠中就渐渐起了亮色。某一日的清晨，明丽的秋阳下，在山顶或峰颈处，突然就黄了半面坡，突然就有了大面积的色块；时不时地，庄园的客房就涌进半帘香雾，那位正在化妆的台湾女士就收起法国香水，提了藤篮子一哟一哟招呼同伴上山……

处女湫那儿的石壁上，一蓬悬崖菊扯开 6 米长的蔓子，繁密的花朵如一道星星的瀑布，有人就要架了云梯上去挖掘，说是在城市里的 10 月菊展上这一窝可以卖到 2000 块；又有人要取来镰刀，说割下蔓子可以采晒 2 斤干花，泡酒明目，冲茶去火，顶得上多少多少"青霉素"和"金嗓子喉宝"。说着说着双方就吵起来，就打起来，就有女人哭起来，就有儿童拍着巴掌喊叫："美是大家的，美是大家的，独吞私占不光荣哟不光荣……

台湾女士说她讲不出多少道理，只听说9月的秦岭是中国的金腰带。她不敢碰那撒金飘银的棵子，只采拾敛去的苞瓣。那位山西籍的青年园艺师就告诉她：野菊开花是以每天30米的速度向下延伸，先是山顶、山腰，再是缓坡、山脚、沟口，11月下旬后，只在平原向阳人家的屋前或泉边见到星星点点，而那时的沣峪，却是斑斓秋叶落满地了。

夜阑了，台湾的客人没有去篝火边跳舞，她们围藤篮而坐，那些干缩的、枯黑的、败落的野菊花不再金黄，那浓郁的、高雅的、药味儿的幽香在人们手上传递，人间的万千苦乐此刻化作同一的表情：肃穆，敬仰，感叹。终于，有人说话了：人还活什么呢？像这就够了……

寒塘鹤影

冷风把斜雨扫在水皮子上，酱色的泡沫就一层层破灭；肥厚的油质弥漫开来，水塘就有了火锅的质地。残荷的叶边卷缩着，疯长的水葫芦枯萎成几簇沉没的白根。丰富的塑料袋子，霉黑的破棉絮；品种齐全的饮料瓶，仅存一个壳儿的死蜻蜓；毫不相干的思想和意识挨挨挤挤，秋天的水塘成了聊可考究的课题。

如果灵魂能够飞翔，如果形而上学发了新芽，思想者的寒塘就不该这么悲壮。

最堪绞心的是那只风干的母蛙，颓岸上僵硬着她遭受强暴的姿势。该死的老鼠也不该死在这里。几片女用的遗物在枯草丛中开放暗红，玫瑰的芬芳只是清塘丽日的记忆。

日本人遗忘了，六十年前炸下的这个弹坑；中国人毫不在乎，这低洼处聚积着的光怪陆离。野菜岁月的洗衣浸麻，学大寨时的抗旱抽水，承包年代的莲田白藕，养殖时期的鸭鸣鹅唱，这一亩二分地的塘面子上，细雨鱼儿出、微风燕子斜不是唐诗里的风景，云霞浮鹤影、梅柳渡塘春重叠着历史的丰韵。那时候的小卖铺卖画儿卖铅笔也卖鱼竿，土坯的墙面子毛涩涩倒映水塘，相邻的沙石公路上村姑缓行，大犍牛的铃声伴着偶蹄敲打。初夏里，一株葵花开了，绕塘的一圈儿葵盘都向日绽黄；暮秋了，一棵高粱变红，一行一绺的高粱都沉得抬不起头；塘岸有辣椒，来这儿素描的画家就多带了几支红颜料；黑脊的鱼群，清白的鸭影，丽人的小手在水边浣涤绿裙，枣木的棒槌在轻节奏里敲击翠微；牧羊鞭懒散在野草莓的花丛，少年与蝴蝶纠缠得一塌糊涂。一个路人卷了荷叶汲塘水畅饮，小羊羔看着他的喉结一上一下。

两只白鹤，南行的疾飞中，年年在此歇息，阴历九月二十三来二十五走，一天不差。修长的腿骨，需要塘边野薄荷的崇高擦拭；洁白的羽毛，必须荷塘秋水的典雅淘洗。水中生物，足以果腹；岸边风景，怡悦心性；或引颈长鸣，或交头私语，或水中梳妆，或草间静凝，人都说这是天地的祥瑞，是塘水养育的精英。

可是，一个巨硕的宇外天体向这清塘的地面撞击过来。小草在压路机的铁滚子下，来不及呻吟就被挤成绿汁埋入泥土。小卖铺前的公路改道而去，高速公路刀子似的切开黄土高坡。麦草被强力压缩，造纸厂的高烟囱下日日呕吐纸浆，褐色的废液潜流过来，塘鱼在一夜之间肚子翻白，翠绿的莲蓬无籽而萎。八月秋高风怒号，小卖铺凉棚的茅草高飞低旋，开铺子的老汉急瞎了眼，朦胧的世纪末永远半透不明。

鬼才来光顾他的铺子。

最可怜这一对白鹤，恋情依旧，如约而来，振羽翩跹，饥食渴饮。九月二十四早晨，血色霞光中，那位红帽白裙的贵妇人永远地倒下了，她高傲的骑士昂首长嘶，声裂天宇。他低空拍羽，高空俯冲，徘徊复徘徊，于二十五日凌晨哀哀而去。最令人心碎的还是这位骑士，年年岁岁"九二四"，独身来，啼血去，空塘映孤影，冤魂何处寻！景依旧，人非昨，站着还是老地方，流的依然是相思泪；不饮不食，独腿支撑，啄一管翎毛，嚼一片凄凉，书写无字的诉讼！天啊，公理何所终！

瞎眼老人依旧。铺子里摆着前年的啤酒，民国的木马勺裂了新豁口。钓者不来，画师无踪，臭烘烘一洼水，哪儿有挣钱的门路？塘废为坑，村肿为镇，萧瑟秋风今又是，发财是一个世纪的梦！

马路宽了，镇子大了，农耕远去了，铺子里不卖铅笔纸张了。

城里有红灯，镇子上也有红灯；城里有厚底泡糕鞋，镇子里也有厚底泡糕鞋。口红眉笔印度神油，香水药水胶膜套子，鬼鬼祟祟的碎女子大爷叫得比蜜甜，口大气粗的壮男人让他叫一趟人酬劳五十。镇子里的夜生活比都市热闹，老瞎子赚的钱比造纸厂的废流还粗。

　　寒塘愈发丑陋了，鹤影只是画中的遗迹。

　　老瞎子学会喝酒了，趔趄着在塘水边照看赭红的脸……

小河涨水

　　只有那青白的石子在水中浸泡得黝亮，只有那碧绿的水草被细浪冲淘成黛紫，那你就明白了，这是到了小河的秋天。秋天，水中浸濡着苎麻，滩岸晾晒着烟叶，还有，一双双嫩红的粉足从清流里哗哗涉过，那鼓囊囊的兰花包袱就告诉你，小媳妇回娘家的季节到了。

　　柿子挟了，酸菜压了，院场堂屋收拾得麻溜儿干净，只待一场四十天的老秋雨潇潇而来，她就可以暖和和地坐在娘家的土坑上纳鞋底了。可是，今秋没雨。小河两岸的旱田里，麦子种下三十天还没出苗。

　　小河瘦麻麻流着。堰头的水磨房静如囚屋。那个巨大的木轮子寂凝不动，五寸宽的传动带上生出牛眼大的霉斑。笼罩大木轮的老桑树脱尽了叶子，枝头的鹊巢很突兀地镶在天上，一如掏尽银河水的杓予闲挂当空。有白须老翁在水斗边捡拾霜杀的桑叶，一片一片串入线绳，钱贯一般挎在肘弯，这是药啊，和着红糖生姜腌了，暖胃止咳，是家藏的妙物。

　　上游有一座古寺。寺已残破，没有比丘方丈，泥胎也不知何去。却依然有人焚香，是给那高高的座台。不会有钟声，不会有磬声，有农人在后坡筑田，铁锹在空中一亮，落下许久，才传来湿泥的夯实声，是一响短促的撞击。空谷无有回声。狗叫显得遥远。小河从这里淌出来，水面上漂着鸡毛，浪花中夹杂着驴粪。

　　水流源出碾子凹，那是一架一架青得泛白的石头山。草毛不生，却生一种旱鳖。有城里嬉皮士进山猎奇，逮旱鳖回去吃了，次日床上只留一架人骨，其肤肉全被化了水。山里人就说，人吃鳖，鳖吃人，为恶不善，为富不仁，早晚都是一道菜。猜不透这碾子凹的精白石山何以为云为雨？何以为泉为水？硬楞楞的青石板上，眼睁睁就渗出水来，一骨朵一眼泪的，涌泉相汇，石窝子里就有了碗大个泉，就有了盆大的潭，常溢而不竭，清冽而不腐，涓涓细水，七曲八折，出得山口，便是忽啦啦一条小河！

　　《春秋公羊传》曰：云是石头吐出的气！原来那精白石头竟是活物，自能吞吐呼吸，自能思想动作，当惩罚，当奉献，苍天不老，自有兑现!挖山者，采石者，伐木者，猎兽者，竞相掠夺，竭泽而渔，烧山捉鬼，小利饱了私囊，弹冠相庆收获，可人，你这万物之灵啊，经得住青山一声咳嗽、云天一个喷嚏吗？

说话间小河就变了颜色。先是一层浓黄的泡沫，呼隆隆就漫过滩岸，那些澄黄的烟叶鸡毛一般经不住吹打，一涌一卷就没了踪影。再是一层叠一层的枯叶柴草，怪兽一般扑跃，作山垛一般横的推移，不见水的模样儿，力量却在暗处作用。轰隆一声，一处河堤决裂了。顷刻间，如诗如画的田园便成水乡泽国。水磨房摇动起来，巨大的木轮子疯了一般旋转，飞浪直冲桑树上的鹊巢。

筑田的农人扔了铁锹，奔跑，大喊："水坝崩了!"一只狗朝恐怖的天空吠叫。远山只回响隆隆的水声。

古寺那里，是有一座水坝，三十年前筑的。

好好的水坝，说崩就崩了，又没发洪水，又没龙卷风。这坝默默地横在那里三十年了呀!该不是像人一样，老了，乏了，有病了，抗不住滴水穿石的积累，抵不过细流潜伏的渗透，终于到了疲劳极限？终于到了崩塌的时候？

几只狗从旱田里跑过，河水从后边漫过来。佛教教义阐扬：万物悉有佛性。

　　于是，那个捣蛋的修行僧就问赵州和尚："佛的灵性，也存在于狗的身上吗？"

翠华云水

这是一片冲淘过的秋天，这是一条栉沐过的山谷，这是一处返璞归真的休闲去处；你要住在溪边，可看水中腾雾；你要住在崖下，可观石上生云；你要住在林间，可听月下虫鸣夜鸟梦吟……

这就是翠华山了。

倘是雨天，也只是雨毛毛呀毛毛雨，那淅淅沥沥的清琴丽韵声中，眼见那秋草湿得沉重，眼见那落叶流金溢彩，眼见那苍苔上的地软肥圆鼓胀，你就感叹在如今的浮躁世界之外，居然有此清心宁神的一方净土，实在是休闲人的福分。你可以不撑伞，任凭湿润沁入心隙深处，那冠状的动脉，那脑血管的梗塞，那糖尿的烦恼，那肥胖症的累赘，立时就通了，松了，轻了，就焕发青春了。

好在这雨说停就停了。路也不泥泞，山道也不滑脚，偶有一石如杌，你可以稍停一下坐上去，不用衬什么手绢，那白格生生的石质凉格沁沁地爽，连痔疮也要根治了去；说话间沣峪沟里就起了雾，先是一丝一缕，从鸣若佩环的潭边，从别墅楼宇的红瓦顶上，从松林晚照的亮隙间，从老枯肥硕的草窝子里，拉丝一般，纺线一般，抽穗一般，织锦一般，那雾的条条绺绺就弥接起来，在屋顶盘旋，在树梢缠绕，如透薄的丝织品，人就疑心是七仙女在晾晒她新裁的天帛；可一眨眼的工夫，这些淡的薄的雾气就蒸腾起来，在低空，粘连，凝聚，浓缩，成白生生的一团棉、一团面，旋转着上升，边沿也越来越光滑，就出落成一朵漂亮的云；沟边，崖边，林边，一团一朵的云就这么生长着，升腾着，从你的脚下升到高空去，在湛蓝的天幕上排列、行走，演绎高秋的万千景象。

你的心一时空阔起来，胸中可以撑船，脑中可以盛山，你认定这沣峪沟的一趟不虚此行。哞然一声牛叫，田园牧歌就不再是画儿上的风景，你自己也成了风景，你的乌发红裙早被摄入对面山上的长镜头，你一个人的休闲成全了创作者。当他的作品给万千欣赏者带来美丽与喜悦的时候，你的生命在不知不觉中又完成了另一重意义。

无功利才能获得福分。

野塘

其实，它们都很细小。猪也啃得，牛也踩得。它们不敢充当物华天宝，只默默生存在这方水塘的周围。这里，没有白沙青石的曲岸，没有秀发披拂的垂柳，没有艳色浓香的红牡丹，这只是一方水塘，芦茎横斜处，显出青泥的底色。可是，鱼儿吃什么？不晓得。浅瘦的塘水一如枯槁的母亲，奶包干瘪了，任枯索般的血筋网在额角。一处不曾得到祖上荫庇的生命群落哟！

没有风的天气，野豌豆的紫色花苞上艳着红太阳的旭光。车前子的总状花序，金刚草的齿状叶芽，清波下的闪闪红鳞，无不在荡漾的春色里淘摇生命的图式。一缕薄雾，几许暖风，子夜的苦霭，午后的豪雨，没能迷醉或镇锁得住它们细胞原力的裂变和增生，相反，它们坦然履行着生命的进程，一如海面上无限延伸的波浪的传递。

野塘四周，开阔的荒地，软着几丛文文的弱柳。一片细草的柔茎被扑倒，是一床芬芳的褥子。人去了，只遗下一块揉皱的绢帕，还有，一朵软纸上红荷样的艳色……

　　芳草深处，一只白色的饮料瓶；瓶口上留着淡淡的唇膏。还有，草叶上法国香水的残留气息；这，足以引来一百里外的警狗。没有人指责美不该发生在野外，现今世界，这是常事。可以想象，那是昨晚月色朦朦的静夜，那是即日霞光初孕的黎明……花儿什么时候开放，鸟儿什么时候鸣叫，自由全在它们自己。

　　这地方实在好。有水，是原始生命的汤液；有植物，是动物生存的基础；还有负离子，是点燃灵魂烈焰的火种。如此大好的天地景物，恋人不来，情侣不来，难道叫游狗来么？

　　不要指责这是一方野塘。哪怕它是一场洪荒的残迹，哪怕它是一次战争的弹坑，哪怕它是一次地震的断裂，哪怕它是一伙盗贼的地窖，但是，如今，它毕竟蓄了水，毕竟长了草！有水有草的地方，能拒绝野玫瑰的鲜艳么？能拒绝紫薄菏的清香么？

　　离野塘不远，是一条汽车路。柏油的路面，水泥的栏墩，笔直的隔离线。日复一日，不知流过多少财富的真实和文明的欲望，可是，有谁去留意一方水草的地域，一方不怎么鸟语花香的野塘？虽然，再不远处，还有一个车站，花阳伞的商品经济和绿裙子的现代世风热热闹闹地旋转着。可是，他们不屑到水塘边来，不屑观赏车前子和金刚草，因为，钞票和文凭的精美图面上没有这些东西。

果然就来了一只狗，是山里农家饲养的那种未经杂交性情温顺叫声响亮的看家狗。它先是绕塘一周，一根草茎一根草茎地嗅了，又神秘地在一些地方撒下尿液，之后，对天鸣叫。它鸣叫得很有情绪，仿佛是对上苍作一种激烈批评。叫毕，又无限止地摇头，发一种断而又续的呻吟。后来，它僵硬地蹲了，将目光凝停在小山村那儿。

小山村那儿，来了一群人。有小脚的满清遗妪，有银须的古稀老翁，他们先是绕塘察看，继而粗声咒骂，最后用长长的青竹竿在水中打捞。终于，一绺红布漂上来，他们却疯了一样抽打，打得竹竿也炸裂了，打得塘底的泥浆也翻上来，连那几枝刚刚挂上三片叶子的新芦也剥了皮一般歪倒在水里。他们，打得累了，就坐下来吸烟，就一声恶似一声地骂，又商量花多少钱雇人潜水打捞。

可是，可怜兮兮，他们自己出来了，是一对恋人。他们仍然相扶相抱，从水底漂上来，头发散了，衣衫乱得不忍目睹。他们腰间共系一根绳子，或许，还坠有一块石头。从打捞者的骂声中听出，他们以自沉争取婚姻的自主。

　　那老妪就"哇"地一声哭了。她或许是她的妈妈，或许是他的奶奶，但这老婆子在破坏这出情恋中，肯定有过坚决的手段。不过，她的哭声是憎恨还是悔恨一时说不清楚。因为，她又指挥人们，将两具尸体囫囵砌入石堰……

　　于是，一对情深似海的恋人，他们逃求自由的亡灵，被冷硬的石块永久地嵌镶在大地上。

　　孔子曰：朝闻道，夕死可矣!

耀州阿姑

　　是一种三摇金振的音响在滚动，是一条蹦跳欢快的小溪在奔流；走近了，正是一股水、一股清冽银亮的泉水，从千层万层的石板缝里迸出来，涌出来，挤出来；合成一股流，淌成一条溪，汇成一道河。若是清晨，袅袅的水汽飘绕起来，遥映着宝鉴山那边的云蒸霞蔚；女子们就来了，媳妇们就来了，阿婆来了，阿姑来了，她们来洗衣、来洗脸、来淘菜，朝这水的两边一坐，五颜六色着衣裙，赤臂着，裸腿着，粉红的肌肤在水色中荡漾，欢声笑语中棒槌起落，间或就有人唱起了秦腔，就有人相互撩水，就有人"阿姑""阿婆"地大呼小叫。太阳升起来了，西原上的人家就在天际线上吆出了两只牛，犁耕的鞭影中套裁出群羊的洁白，还有，收棉花打网套的叫卖声，一拨儿一拨儿地吆喝，一种合着天地律动的生活意趣就渐渐浓起来；小溪流里，一疙瘩一团块的皂角泡沫，从阿姑阿婆粉红的腿肚间漂流出来，把药王山头的朝阳分解成七彩的明灭……

　　这就是陕西耀县的锦阳川，这就是锦阳川里活蹦乱跳的阿姑泉。

　　有专业人士测定，这股泉水是从一亿五千万年前的岩层里渗出来的。有人就说，它来自大山底下，很深很深；有人就说，它的源头在化外之地，很远很远；它从坚硬无隙的岩石中浸渗过来，一路走得很辛苦，很辛苦，那些不堪前行的杂质被一遍遍地过滤，而今捧到人们的手上，唯有纯净和洁白。或许那是秦时的一场豪雨，或许那是唐朝普降的甘霖，地表的浊流一哄而去，入了土的雨水，一点一滴地渗下去，解了茅草的干渴，润了石缝的焦躁，再往下漫延，往下渗透，唐朝的接上秦朝的，宋代的承续着唐朝的，它比史的延续更为缓慢，比人的传衍更为艰难，如今流到你的杯中，那不是玉液琼浆是什么？

于是就有了"阿姑"牌号的矿泉水。其实，把她归入"矿泉"一族的饮料，实在是下嫁了她。她是你可以用炸药开采的吗？她是你可以用烈火冶炼的吗？她是你可以用化学提纯的吗？她是你可以用科学合成的吗？

这里生长过北宋的大画家范宽，他笔下的山水悬于宫廷，但他终生的流连之地是太华和终南；这里走出了书法的宗师柳公权，北方的山脉就擎起了唐楷的骨殖；这里成就了医家孙思邈，他出入宫廷却甘愿行走民间……这就是耀州文化的立场和价值观，那么，阿姑泉——伴随着座座文化高峰而万年流淌的民族精髓，她的天职首先是滋润民间、造福百姓，为这一方土地的繁荣人丁的兴旺尽心献身，这是因为：她高贵，村里的阿姑从来不与权贵攀缘；她纯洁，千年万年里她自觉修滤从未懈怠；她朴素，一如水乳大地专为百姓而涌流……于是，你看到，这里的茄子，色纯体硕紫玉耀金；这里的线椒，长达七寸火红透亮；更不用说锦阳川的女子、汉子、柿子、麦子、骡子、芯子……

　　一片黄栌的落叶顺水漂来，细浪冲淘中，密密麻麻的叶脉亮如金丝；太阳升起来了，一阵村姑的笑声传来，又是谁家接通了引自泉头的自来水管呢？

峡的遐想

　　这一块石头，方圆一百平方公里。在九个太阳当空照的年代，它浑圆平整，正午时分光焰赭红，一如后羿肌腱发达的胸膛，月夜里又玉白温润，仿佛玄女柔软的小腹。终于，宇宙洪荒，九日余一。一场暴雨下了九百年，四海滔滔，地球的雨季来临了。雨如乱箭，这块石头上出现了麻点；雨如斧斤，嫩平的石面子上有了皱纹；雨如钢锥，完整的石头上布满孔洞。然后，在漫长的雨季盛期里，皱纹发育成沟壑，孔洞连缀成深涧，沟壑深涧里储满砾刺和沙石，终年的洪水就扯着这些奇怪的锋刃，又刮又磨又钻又削，无尽的切割运动直把一整块的石头锯成了两半。

　　这就叫金丝大峡谷。

　　壬午年仲夏，余随诸友炜坪君、丹萌公、方氏英文、忠实大兄等往金丝峡猎奇，沿途未见猿猴啼啸，更无熊罴腾跃，唯见山姑艳影，溪水淙淙，又有岩脚石中生树，涧下潭影空蒙，忽而雾气笼罩，行人如坠海底，忽而峡窄如线，独行仅容侧身。仰观天隙流云，俯察幽兰修竹，疑心入了魔幻仙境，不觉灵醒骨轻，健步如飞。作想这切入地心的一线峡谷，是亿万年流水的固执搓磨，终成软的克服了硬的，柔的分解了刚的，倘人也如此，就不怕上不去的山、过不去的坎，不怕漂不过的海洋、看不到的日头!

金丝大峡谷陈示着一种精神。

日光幽暗时分，一行旅人来到崖穴。崖穴空畅如厅，孤悬高壁，涉险而入，内有石柱木桥，更有滴泉流瀑，又有瓦灶石床遗迹，疑是昔人居处。举头遥望，对面山峰，草木掩映之中一崖圆缺，于野花缤纷之际，一如蓬莱海月，天成众妙之门。方氏就说，此地仅有一厨娘一小妾，平生足矣!丹萌公说，足是足矣，只怕落寞，倘有大坛的烧酒，整头的烤羊，又有舞伎作歌，才是天下乐事啊!余问忠实兄：如何？兄拈须微笑：美着哩!美着哩!又问炜坪君，君言：此二人一为山大王，一为老员外，叫人家吃去喝去乐去，天色不早了，吾们下山!

下行未已，遇修路山民背负水泥，于岩边喘息，遂问工钱，答曰二十里一趟五元钱。炜坪君摸出五元塞入山民怀中，山民疑辞，君言：此买路钱，当收!

余四人皆默默奉上如数，心下理所当然，一路再无言语……

坡上风景

　　清早往坡上去，指望踩一脚新泥，就专门换了一双干净鞋。浮粉样的黄土被湿润了，黏黏的虚软，心里立时漾一种饴糖的清甜，就要作谢昨夜里的小雨和黎明时的朝雾。鸽爪的足印，在泥地上新鲜着，如一竿竹，疏疏的叶子，枝枝杈杈着往高处走。

　　路旁的桔梗花舒开了浑蓝的五瓣，等待谁家的蜜蜂传来生命的美孕。蚂蚱在草叶子里潮着，大颗的露水银亮在羽翅上。酸枣已有了豆大的小果。

　　回望小径，留下的竟是跌跌滑滑的脚印，事情进行中的烦难，常常被旁观者审美成一种风景。看坡下小村，竟漫漫然一片葱绿，不见了挤扭的屋舍，也不见了那位吱哇吱哇绞水的媳妇儿。辘轳好长时间没抹油了，支书到城里打工去了。

　　再往上走，坡上的小路就被庄稼挤在了涧边，挤到野枣刺的丛中。坡上的野枣才刚刚扬花，细密的小花累死了一群工蜂，所以枣蜜卖到五块钱一斤。吱哇吱哇绞水的媳妇儿就不失时机地向每一位过路人推销她的蜜糖。

　　不得不脱了鞋。坡路陡起来，如绳子一般细仄而又扭斜。泥地黏滑，泥巴从脚趾间挤出来，小径上留一串现代派的雕塑。然后踩到草窝子里，脚心一阵酥，就痒得叫人受不住。露水更繁，连裤脚也打湿了。

　　坡上的桔梗已敛了花，鼓鼓地炫耀着籽苞，就不理解这草本的中药和酸枣怎么就相了反？坡下的酸枣结了果，桔梗正扬花，坡上的桔梗结了果，酸枣正扬花？

　　再望小村，看见了屋角和山墙，也看见了土院墙里的胖猪。树其实稀疏着，只是树冠牵连。有农人挑两桶尿水往坡上走，柔软的挑担波闪着高上来。路边一条孤独的狗，一头牛在他旁边犹豫着。蓦地一声长叫响起："卖麻花来——"小山村就正式起床了。

　　往上就没有了路，是一坨一堆的茅草。菅草苫在路边，似流行歌星的长发，遮住一些美丽的危险，小山羊忍不住就要上当。几枚乌鸦粪硬在地埂上，才出土的黄豆芽全被黄鼠啃了豆芽。

　　坡上吹微微小风，紫荆的浓郁让人异想天开，由不得就驻足，由不得就远望，村边就有一条小河，弯弯曲曲绕着，远远地来，长长地去，一河水就浸湿了村子的这儿那儿。就知道这一村的小伙子是吃什么长大，姑娘的脸为什么粉似桃花，就知道绞水媳妇儿和挑尿上坡的汉子为什么气壮如牛……

村庄全清晰了。原是一家一户的院子，各自过着小小的日子，树木只是一丛一片地覆盖；还有花，一红一黄地点缀；看不清谁是谁家的女子，却听得清一支歌子响起，满村的绿树红花都摇动起来。

有黄雀儿在空中划一条弧线，落在一座草庵上。庵前立一位老人，正用镰刀削一棵树上的斜枝。

问他："你住在坡上啊?"

答："坡上好啊!"

再问："为啥好啊?"

答："高嘛!"

古原即景

可怜的小蜥蜴，拖着干枯的尾巴，张着支撑嘴的两小片骨骼，固执地望着昏黄的天空。空中依旧无云，大太阳炙烤着茫茫的黄土，雨水只是 8 个月前的记忆。

土地从小蜥蜴的身下蔓延开来，成涧、成峁、成梁、成塬，成一堆笨拙而琐碎的手艺。后来，历史从它漫长的指缝里洒落一些雨星，诗意和凉润便在歌手的臆想中传诵。恩赐在虚脱中膨胀，雨滴在回落土地的一刹那变成了锤子、剪子、锯子、斧子，浑圆柔曼的高原被切割开来，剖心挖肺、乱刀斩剁的残酷。从最细碎的沟隙到巨大的裂谷，肥沃全流走了，余下一堆枯骨，又被无形的钉耙搂乱，认不清哪一块是上帝的颅骨，哪一块是魔鬼的肋巴，层层叠压的黄土线在地质史上是一团乱麻。

压榨使上古的石泥产生质变。所以在 2000 米的下边有石油。有小女子守在那里，一件红衫子，一顶草帽，一只往复运动的采油磕头机，青春伴着原油的产量增长。油井里抽上来有水，但不能喝，必须回灌下去。背上的小水壶里，早上来时娘给灌了凉茶，但在 8

个小时的大日头下必须匀着喝。那么多采油井都在塬上，跟黄土一样裸露着，帐篷呀，小房子呀，窑洞呀，小女子说她连想都没有想过。参观者问：风暴呀，雨雪呀，你在井上经历过？她说：这是最常见的事。问她何不换个室内工作干干，她坦言：舍不得每月这500块钱。她反问来访者：你一个月挣多少？

来访者是一位有良心的作家，他用无言的泪眼回答了她。后来这位作家说："相比之下，千字50元是很奢侈了。"

小女子在高原上守井，最可怕的是孤独。

这里，绿是另一个星球上的颜色，想找一只蚂蚁玩玩也没有。从陕西的彬县、长武往西，甘肃的庆阳，宁夏的固原，历史上所谓的陕甘宁边区，是黄土高原的地貌博物馆，年降雨量只有四五百毫米。许多地方年降水400毫米以下，失去农耕价值。从西北沙漠地带刮过来的干热风，把地表的虚土搬来搬去，人就在这种揉搓中存活。

也有水，在几百米深的沟底。一条打着硬折的盘旋路通到塬上，

　　一个裸体的汉子弓腰拖着架子车，前头有黑瘦的小毛驴四蹄抠地，后头两个婆姨死劲儿往上推，车上的汽油桶里装着一家人的命。

　　也有井，80 丈深。磨盘大的辘轳，两个汉子绞 40 分钟，上来是半桶泥水。所以到了秋天，家家忙着存水，也唯有秋天才落几场雨。人们把地里院里的积水引流入窖，吃一冬，吃一春，或许还能吃到夏。

　　这里没水，却生水灵水鲜的女子，南方一个模特队，一次从高原小县招走一米七五以上的女子 40 名。这里没草，却产驴，庆阳的"钱钱肉"（用公驴的生殖器加工而成）名扬中外……

　　历史和文化的逆向选择造就了全国有名的状元县，自然和环境的严酷锻打铸成了民族精神的优良质底。天文、地文、人文，三素合成，七月流火，九月授衣，三之日于耜，四之日举趾。3000 年前的《诗经》就歌唱这种生态。高原把铁的素质注入华夏的遗传。江南花月虽然好，清风流水只"二乔"，黄帝周公秦汉唐，谁说黄土不养人？

　　咦唏嘘，历史的光荣只属于历史。荒原上，孤独的采油女子，耗一生青春不是悲，人间多了一克能源却是大慈悲。都市里，灯红酒绿中的摩登小姐也在用劳动消耗青春，也在消耗青春中积累财富。

可我们开动机器的车工，挥汗耕田的农夫，待在油井上的女子，她们，世上所有物质财富的原始创造者，直接的结果是人间多了一颗螺丝钉，多了一粒米，多了一滴油。没有这些原初的创造，你又红什么灯？绿什么酒？

在这里，智者的嘲讽和伪者的矫情统统不起作用，因为高原是一位老母。她苍凉的胸怀中，可怜的小蜥蜴连尾巴也长不长。可历史的打磨把外在的花艳水色统统除去，余下的唯有热腾腾的胸膛。无言中，细碎的能量在深层积聚，黄土的团粒结构、生命的原核细胞，浓缩着高强度的人文能量，它支撑着民族精神的强固，也作用于当代生活的万千繁荣……

一阵金属的器响从沟底震炸开来，是一队头裹汗巾的苍老行者。他们爬行在峭陡的涧路上，头上的汗油和泪而淌。这是一支祈雨的队伍，打头的老道士嘴上起了燎焦泡……

苟村

一只白狗跑出来了，一只黑狗跑出来了。那油菜花的大色块里，就有了一团黑白翻滚的毛球，就有了放蜂人的掷打和呵斥。

炫目的油菜花，浑蓝的苜蓿，满瓮的蜜浆，一位过路的文人到花地里撒尿，眼目一时迷醉，连嗅觉也木木然愚钝。有女人在远外观赏，就作叹在野地解手竟能充作风景，心想自己或许就是一只伢狗或一株静木了。

那狗又跑了回去。是村子，三户五户的人家，粉墙青瓦趔趄在苜蓿地的那边。有鹅黄黄的柳丝儿，有白嘟嘟的槐花，有一种什么隆重的气息和清悄的味道儿勾引着他，做文人的就束了腰带，忍不住往村子里去。文人的毛病就是喜欢探究。

先是一把老榆钱，轻风里就地旋转；再是几棵刺芥芽，膨胀着从田埂的板结中伸出头颈。天色正好，红日头下艳艳着几尾村姑，她们走过田埂，影脚里一地芳菲。文人鼻腔里痒得舒服，认定这里有一种药药的浑蓝如烟的气息。这气息渗润五脏六腑，就有了那种咝咝的消融和软化，心想，肝肠里有瘕块的人到这里来，心包里有硬化的人到这里来，脑血管有栓塞的人到这里来，一切的肌体零件都会清洗然后重新装配，包括灵魂。走出去了，就焕然一颗新生命。

然后是一种甜。一种柳叶子榆叶子槐叶子的联合提纯，清鲜又喷薰，尖锐又漫延，顺着腰椎往上，整个儿脊柱就熟透了，没有了节疤和筋丝，没有了气郁和烦忧。突然，轰的一响，大椎穴开窍，脑子就换成了爱因斯坦的，或李白的，至少是郭沫若早期的。由不得就放胆追索。心理上的趋寻已不重要，四肢的敏捷、七窍的灵光引他直奔源头。文人迷醉了也常常鲁莽。

撞倒一个老妇人，花花的围裙里掉下几块焦黑的红薯，笑说是送到老汉子播粪的地头去。文人就惊怪，闻不到星点的焦煳味儿，连老妇的小脚边也绕着两只花蝴蝶。

原是一株巨大的泡桐，花正飞谢，满地的紫色小喇叭，空气中饱和着药药的软软的尖锐味道，是那种柳叶子、榆叶子、槐叶子的联合提纯。庞大的树冠正被一咕嘟一咕嘟的绿叶缝合，胖嫩的萌芽喘着壮汉的粗气，阔大的叶子已在阳面一手遮天。人或为昆虫，总统站到这里依旧猥琐。

这就是赏心悦目的源头了。文人弯腰捡拾桐花，一滑脚踩在了牛粪上。新鲜的牛粪，甚至还袅袅地冒出热气，有一种酸酸的味道。旁边就是羊圈，褐色的尿液积成小潭，圆圆的羊屎蛋儿在小潭里软散开来，毛毛的纤维绒绒着，又是一种药药的味道儿。

还有鸡粪，半流质的排泄物里有不能消化的石头。最大观的是那一方化粪池，赫然洞陈在大桐树的阴凉里。主人勤快，秋天的落叶还沤在里头，柳叶子、榆叶子、槐叶子，对，是那种尖锐的味道，是那种经过联合提纯的味道。

文人严肃地注意到一个问题：卫生！

他在省城的街道上走，马路干净，店铺干净，连厕所里也闻不到臭气。艳味儿当然有，人造的紫罗兰，法国的奥丽斯，机关一按"哧"一声香雾。尽管三分钟之后，狐臭患者依然难逃众人侧目。

文人就捡起一朵桐花，活活地罩在鼻尖上，香味儿就沁得深刻。想这满地落英，刮一层地皮到省城去也能当香料卖。又作想，倘没有那鸡屎牛粪，没有那污浊的化粪池，岂不是彻底的七宝福地？

白狗又来了，黑狗又来了，一个在桐树根上撒尿，一个用鼻尖触那热牛粪。文人就忽然明白：是什么东西支持着菜花的黄、苜蓿的蓝，和这桐花、槐花、榆钱的雅香和清鲜。

城市人最可卑的性格是只要结果不要过程。

文人捶骂了自己，要记住这个村子的名字。那两只狗就引来了一群狗。一群狗在他心里汪汪。就想：叫它狗村吧！

在油菜地边，问放蜂人，答说："不叫狗村，叫苟村。早年的写法是草头下一个勾字。"

又补充说："是勾引的勾。"

文人自觉尴尬，就笑笑地说："我是去看一棵桐树。"

放蜂人说："桐树下住着什么人你当然知道！"

根据这口气，文人可以想得出，那里住着一个美丽的姑娘或者一个贤惠的小寡妇。但他仍然说："那棵桐树很香。"放蜂人怪怪儿一笑，摆手说："走吧走吧！"

文人走了，贼溜溜得真如一个品行糟糕的男人。他想：探索是需要付出代价的，但若真要以品行为代价，干吗？

林泉远思

　　读王维的《山居秋暝》时年龄还小，想象不来"松间明月"的高洁，也不懂得"清泉石上"有什么好。老师说这是一幅关于乡野情致的风景画，背熟了就知道意思了。这是在初中一年级，语文老师给我们开了课外唐诗讲座，每一讲都发一张油印的诗页。

　　诗是背熟了，但空山、清泉、渔舟这些田园风物仍然朦胧，而老师说的乡野情致更是无法捉摸。到了高中，参加了同学们自己组织的诗社，模仿古诗写一些押韵的句子，自以为可以跟着王维学唱田园牧歌了。

　　后来上了大学，有了些古诗文功底，常常自豪于同窗学友，炫耀"明月松间照，清泉石上流"的诗中之画，不时得到女同学的赞慕。再后来就工作了，又业余搞点创作，心中依然氤氲着田园篱笆、水墨着松竹林泉，还不时深入山野探幽、乡村访古。然而，山野有草树却无有林泉，乡村有田园却鲜见松竹；及至几上泰山、华山、青城山、峨眉山，并且专在月夜听泉、古刹闻钟，又乘江南渔舟，访溪边浣女，都在为着寻找王维《山居秋暝》的那种悠然意境，都在为着了却"明月松间照，清泉石上流"的那份执着情结。一段时间，于人世纷杂之中，自以为林泉在胸、高致超然，甚至以渔樵野老自居，说和同事纠纷，劝解祸中难人；自以为心中有了王维，就了却人间烦恼，看透红尘纷争；自以为真有一壶清茶，就可以笑谈古今。

但真正进入了人生的具体程序和现实操作：结婚、生子、住房、职称、柴米油盐等等，才知道青年时代"明月松间照"式的"超脱"，只不过是少年时代"为赋新词强说愁"的浮雕和顺延。真正对王维的理解，是在经历了无数生命体验和阅历的堆积之后。

人之一生，苦也罢，乐也罢；得也罢，失也罢；宠也罢，辱也罢，要紧的是心间的一泓清泉里不能没有月辉。哲学家培根说过："历史使人明智，诗歌使人灵秀。"顶上的翠松，足下的流泉，座下的磐石，何曾因宠辱得失而抛却自在？又何曾因风霜雨雪而易移萎缩？它们自我踏实，不变心性，才有了千年的阅历、万年的长久，才有了诗人歌颂的神形和美德。

　　我不止一次地造访过终南山翠华池边那棵苍松，也每年数次带着外地朋友去观览黄帝陵下的汉武帝手植柏，还常常携着孩子在碑林前的唐槐下盘桓……这些木中的祖宗，旱天雷摧折过它们的骨干，三九冰冻裂过它们的树皮，甚至它们还挨过野樵顽童的斧斫和毛虫鸟雀的啄啄，但它们全都无言地忍受了，默默地自我修复。到头来，斧斤的利刃呢？鸟雀的坚喙呢？这些强势者连同风霜雨雪统统化作了它根下的泥土，成为它营养自身的"胎盘"和涵育情操的基础，这是何等的气度和胸襟？相形之下，小人的蝇营狗苟算什么？且让他去得逞又能怎么样？

　　王维实在是唐朝的爱因斯坦，他把山水物仪参悟得那么透，把形而上学储之心灵，又穷极物理而口吐莲花！他坦诚、执着、自识，远离贪婪、附庸、嫉妒和伪饰，从而永葆了自身人品的高雅和诗品永恒的生命力。

　　"空山"是一种胸襟，"新雨"是一种生活态度，"天气"是一种环境，"晚来"是瞬间的境遇。"竹喧"也罢，"莲动"也罢，"春芳"也罢，"王孙"也罢，生活中的诱惑实在太多，而物质的欲望永无止境，什么都要的结果最终只能是什么都没有得到。王维的人生态度中，有了太多的放弃，才有了他"息阴无恶木，饮水必清源"的高洁情怀,才有了他哲语金箔般的千古名篇。也唯有甘于清贫甘于寂寞,自始至终保持独立的人格,这才是人生"取之不尽,用之不竭"的精神财富。

"明月松间照",照一片娴静淡泊寄寓我无所栖息的灵魂;"清泉石上流",流一江春水细浪淘洗我劳累庸碌的身躯。浣女是个好,渔舟是个好,好的质地在于劳而且动,在于独立,在于思想——这是物质的创造,更是精神的明月清泉。

有时候,心想有谁给这首诗谱个曲子,我们就可以唱着王维这首千年前的歌谣,那心中氤氲着的该是怎样的情致和操守啊:空山新雨后,天气晚来秋。明月松间照,清泉石上流。竹喧归浣女,莲动下渔舟。随意春芳歇,王孙自可留。

辑
三

人文漫笔

暮归

　　天边有了一抹水墨的洇虚，山的脊梁上就传来暮归的牛叫。一个小儿顺着山脊的硬折线一跌一跌低下来，爷爷的牛鞭子就有一下没一下地在空中悠悠。

　　山是自家的，树是自家的，一块石头疙瘩、一根野鸡翎毛都是自家的。孙儿放了学，爬上半山来给爷爷帮手，爷爷给他说了那只老母兔的故事。早年山荒，树不长草不生的，留不住半只斑鸠，地上跑的野物也绝迹了。这些年好了，林木疯长起来，瘦了山上的崖头，肥了沟里的溪水，鸟兽鱼虫蓬勃繁衍，好年岁的气象洋溢在漫山满沟。可爷爷又不得安生，狐狸要偷他的母鸡，野猪要啃他的玉米，连野兔儿也来刨他的花生。

　　早年的土枪又从屋檐上取下来，他上山去住草庵子，守那二亩地。他击毙了一只野公猪，将一只红狐狸追了三架坡。然后，又收拾那些三瓣嘴的长耳朵。豆芽刚拱出地皮，齐茬茬被啃了个干净；花生刚在土里结豆，连根儿也给刨了，这些野兔！

　　爷爷用铁笼子诱捕，用土枪射杀，一段时间里，野兔就绝了迹。

一天早上，他背了土枪在坡上观景，脚下的二道梁上一只大灰兔在刨土，他枪管一甩，一捧铁沙射出去。他过去探看，是一只母兔，身中数弹，当场亡毙。他捡起母兔，才发现有三只小兔崽正慌慌张张往草窝子里钻。他毫不费力就抓住了这三个小贼娃子。

小贼娃子装在笼里，它们是这架山的最后遗种。它们的家就在二架梁上。爷爷看见了自己的小孙子，看见小孙子用嫩草喂这三只小兔。

他心软了。兔儿长在山上，山是我的，兔儿也就是我的嘛!

小贼娃子被爷爷放走了。

几天没见它们的影子，爷爷甚至盼它们来吃他的豆，觉得那是他的邻居，他的朋友，几天不见，想得慌。

土枪又用油布包起来，重新挂到屋檐下。

小孙子天天念说这三只小兔。就在这苍茫的暮色里，他帮爷爷收拾犁耙，帮爷爷整理庵棚，依旧把破帽顶子里那一把黄豆数来数去。他的小伙伴没有来吃，一粒也没吃。它们大概永远地离去了。

爷孙俩赶牛回家，一路沉默着。

坡梁的暮色里悬浮着淡淡的哀伤。

小孙子问："人总不能把啥都消灭了，只留下自己吧?"

爷爷说："我也这样想。"

屠刀丢失之后

长安城南有个王曲镇。镇上有个杀羊的黄胡子。蛇年春节将至，我照例要给母亲买些羊肉，母亲胃寒，过年只吃羊肉。往年是在菜市场买，今年有朋友介绍我去找黄胡子，说是他的羊肉货真价实，秤杆子上也不耍把戏。老长安县周围有韦曲、王曲、杜曲等几个叫"曲"的村镇，朋友怕我跑错了，专门帮我调整了车上的导航仪。

不知为什么，有高科技导航却频频出错，转了几个圈子又不得不走回头路才到王曲村口。我向一个坐在靠椅上晒太阳的老汉打问，他说："我是儿子才从养老院接回来的，如今这社会反复太快，村上的啥事我都不知道。"转过两家门楼，一个老婆婆告诉我："黄胡子不做那生意了。"我说："今年的羊肉生意好啊！"她说："他连杀羊的刀子都寻不见了……"声音中似有战栗，感觉其中有什么隐衷，就想再问。可这老婆婆转身要走，一边又说："你要买羊肉到外村打问去，我还忙着给我婆子妈洗尿褥子呀。"这老婆婆大约有七十，她婆子妈少说也有九十岁，如今这样的儿媳妇真是太少了。转过一道巷子，遇一身穿黑风衣的男子蹲在门口席大的菜地里挑芫荽，就换个话题搭腔："今冬天冷，芫荽芽芽太小啊！"他说："再小也得挑些，我丈母娘就爱吃这啊！"再问："咱这一带有好几个'曲'应该有啥说法吧？"他说："我也问过别人，一种说法是山环水抱曰曲。"我说："这种地貌不明显啊！"他就不想搭腔了，径直说："咱是这儿的上门女婿，你问问别人去。"又问他村里人怎么这么少啊，他不回头地说都出外挣钱去了。

进村和三个人搭了话，怎么好像思维都不大正常？

终于又找到一个人，他自称是退休教师。他得知我是来买羊肉，就感叹说："唉，现在这人啊，很难教育，可今年腊月，一只小羊把全村人都教育了。"他蹲在碌碡上，我坐在石头上，静听他说黄胡子杀羊的事。

今年货源不好，大雪封了路，陕北的羊、宁夏的羊都过不来；关中道里经济转了型，养羊的越来越少。黄胡子给西安几家羊肉泡馍馆签的供货合同执行不了，他急得像热锅上的蚂蚁，开上蹦蹦车跑了两趟狄寨原，才买回来一对母子羊。

他杀羊三十多年了，挣的钱给俩儿子都娶了媳妇盖了房。人都说黄胡子也不容易，但你生意再忙，也不该常年把瘫痪的老娘寄到山里的亲戚家，世上这钱多啦，你能挣完吗？说话间黄胡子就把这一对母子羊拴在后院的槐树上，树下摆了小方桌，放上半盆热水，就去旁边的磨刀石上磨那把月牙儿一样的尖刀。看见刀子，母羊就拼命地挣扎缰绳，小羊也咩咩叫着，一蹦两尺高。黄胡子习以为常了，见怪不怪了，临刑前羊掉眼泪都是常有的事。他脑子只有一个念头，赶紧把羊杀了，把肉送到莲湖巷的泡馍馆去，不要误了人家的生意。

屠刀磨好了，放到小方桌上。他去厦屋拿那只二号铝盆，这铝盆是专门接羊血的，这羊血也有合同，是供给南稍门那家专卖"粉汤羊血"的馆子。

可是，铝盆找来，却不见了那把屠刀，那把磨得雪亮的月牙儿般的尖刀，在他手里用了三年了，大概是他杀羊以来使用的第十把刀子……

他急得团团转，院里没来外人，屋里没有别人，老婆下地了，孙子上学了，平时杀羊都是他独自操持，脚踩了羊腿，左手扭了羊角羊耳，右手刀尖在颈动脉上一点，一股热乎乎的羊血就咄咄地射到铝盆里，然后，剥皮、剔骨、扫除内脏，待装筐上车，洗手换衣，收购羊皮的贩子就准时正点地把一支点燃的香烟插到他的嘴上……

可是今天，找不到了屠刀！屋里，院里，水槽里，桌子底下，槐树周围，磨刀石边，找了一遍又一遍，还是没有。黄胡子就觉得今天这事怪怪儿的，就自个儿泡了一碗茶，蹲在房檐下一口一口地喝着，想着。面前的两只羊，小羊蹦得累了，卧在蹬虚了的土场上喘气；母羊不挣扎了，低下头，伸出舌头，一口一口舔着孩子的颈毛，舔得很缓慢，很认真，舔过的羊毛湿漉漉的，午后的阳光下银亮亮的好看。小羊安静地卧着，它低着头，不忍看见妈妈脸上两道长长的泪花。

借把刀子去？或者干脆用自家的菜刀？黄胡子这么想着，把碗里的残茶泼出去。太阳偏西去了，母羊卧下了，与它的孩子相依相偎，槐树的影子罩下来，母羊的身子在轻轻颤抖，它尽量要把身子护住小羊，它怕孩子冷。

黄胡子似有了恻隐之心。他走过去，扯起缰绳，要把它们拉到阳光充足的东墙根儿，好让母子俩享受一下这人世上最后的光明和温暖。

他先把母羊拉过去拴了，再来拉小羊时却怎么也拉不动！小羊四蹄抠地，身子紧贴地面，似要和他拼命一般摇晃着刚刚长出头皮的小犄角。他"哼"了一声，挽了袖子，解了缰绳，两手钳子一样箍着小羊的肚子把它抱起来！

小羊卧过的虚土里埋着他的屠刀！

黄胡子耳边似响起一声炸雷，眼前掠过一道黑影，他差点儿栽倒！

小羊趁机从他怀里蹦走！它蹿到妈妈跟前，拿头轻轻抵着妈妈的颈下，那块最松软的皮肤，是它小时候最喜欢贴耳取暖的地方；妈妈不再冲动，它平静地卧着，一任儿子舔它身上的这儿、那儿。黄胡子看到，小羊舔着妈妈脸上的泪痕时，母羊轻轻地呜叫着，那种低沉的、发自土地深处的呜咽，仿佛一种揪心的叮嘱……

黄胡子的脚下，是被小羊蹬虚的浮土；黑色的刀柄上，那一握沾了尘土的油污，是无数羊肉的凝积；那月牙儿似的利刃藏在虚土中，虚土中似有心跳在颤动！

黄胡子扬起衣袖擦鼻涕，他发现自己早已泪流满面！

"叭"的一声响，他飞起一脚将屠刀踢远，越过矮墙，外面的垃圾堆里多了一件精致的刀具，聚集觅食的群鼠四散逃亡……

退休教师转了话题："曲"还有另一说，唐朝那时候，长安城的南郊，产生了一些职业杂聚的贫民村镇，卖炭的，磨面的，生豆芽的，下粉条的，专供城里东市西市的买卖行；因为贫民村镇的街巷弯曲狭窄，就以大姓为号，成为这"曲"那"曲"的。

　　还得问黄胡子的事。他说："黄胡子牵了一大一小两只羊进了山，把羊送给山里的亲戚，把瘫痪的妈接回来。如今他在西安的曲江买了房，专心专意地侍奉老母。"

　　他特意说：村里的儿女们，如今把妈叫得更勤了……

　　返回时我关闭了导航仪，脚踏出的路更可靠。

垛口圆月

　　终南古刹里的银碗盛雪，怎堪比今夜的高爽？晚风流溪里的细浪濯足，怎堪比中秋的清凉？看一轮圆月端坐于古城墙的垛口，有谁能说出五千年中有几多盛世太平？那个稳当与惬意，那个圆满与高洁，那个沉实与雅致，那个文静与富贵，不，我羞愧于堆砌那么多粗浅的感觉，又可耻于一长串薄弱的描摹；它的素净简单，秋叶不足与之比；它的集簇寓意，海水不足与之量。古砖叠成的一个"凹"形里，款款然搁置了一只银盘，你换一个垛口，里边置有一只银盘，再换一个垛口，里边还置有一只银盘，你不由得童心大发，沿城墙的垛口一圈儿数下来，你竟然喊不出"后小康时代"的感叹："哇噻！"你只悠长地、轻声地念出："五千九百八十四！"又忍不住伸出指头，对着星稀清澈的长空写出一行数字：5984！

　　全长 13.74 公里的城墙上，总共有这么多的垛口！

　　那一年，就在南门城楼东边的第十三个垛口上，我见证了一个把青春嫁给眼泪的老妇人，整整五十年之后，她才有了真正属于自己的圆月之夜。七十三岁的同龄老夫妇，一辈子了才第一次同赏中秋月。老夫人叫张芳芝，这个名字中还隐隐地抒散着芬芳的女性，在1947年的中秋之夜，把刚出锅的自制月饼递到丈夫手上时，勤劳的丈夫说："你把饭晾着，我到场里把谷草背回来。"他去背谷草了，张芳芝把月饼叠到盘子里，又从锅里舀饭、舀菜，然后把小炕桌摆到院子里，向着东方刚刚露脸的圆月上了一炉香，这是当地的民俗，祈月保子——她刚刚怀上他的孩子。可是她伏地的头还没有磕起来，村外响起了狗叫声。她慌慌然奔到大门口，就有人来报告：她丈夫被国军抓去运粮秣了……以后的故事，跟大多数隔海望月的故事一样，太模式化，作者也就免去了重复叙述的笔墨。然而，相似的故事发生在秦岭山里边的山阳县。那是李先念的部队中原突围过来在山阳县整休的时候，一班兵士临时住在老乡家里，他们帮这户人家担水倒尿做农活，其中一个战士就和这户人家的闺女好上了。三个月后，也在一个中秋之夜，部队开拔，这一对热恋中的青年却私订了终身。这位战士请姑娘一定等着他，革命成了功他就回来接她。可是，他这一去如黄鹤，三十年四十年里没有音信，他的姑娘还依旧等他。村里人都说，嫁人吧，他要么打仗牺牲了，要么另外成了家，人家怎么也不会记着你一个山里头的女人。这姑娘不信，这妇女不信，自己成了老婆婆，她还是不信——她在等待她的红军哥哥回来接她，等待中她度过了四十多年。

她还真的等来了。那是 20 世纪 80 年代中期，她的红军哥哥回来了，这在全山阳县引起了轰动！中秋夜，两位老人来到当年私订终身的泉边，望着水中的明月，耳边响起当年的"闹红歌"，就商量着要给山区援建一座小学……这个真实的故事，被创作过《六斤县长》的剧作家陈正庆采撷到了，他依据这个故事编写了六幕花鼓戏《泉水清清》，此剧在全国会演中获得了一等奖，后来调到陕西省戏曲研究院任副院长的老陈，每每说到这个红军哥哥的故事还忍不住掉眼泪……

城墙垛口的月亮或许没有秦岭山里的明亮，城里超市的月饼或许更比山里的土制月饼香甜，但人世间因月亮而产生的悲喜剧却代代上演。月亮被称作冷光源，冷光源靠着反射太阳发光，热恋中的男女每个人心中都有一颗燃烧的太阳，那个天上的冷光源何以会照得透燃烧着的秘密？

中秋月啊，你那棵疏枝薄叶的桂树，树下那个孤独的小白兔，嫦娥应悔偷灵药，碧海青天夜夜心……现在终于真相大白了，有历史学家著文说：那个被惩治和流放的嫦娥其实是个天大的冤案！

早春的虫唱是求偶，晚秋的虫鸣是寻穴。天凉好个秋是获得丰收的感慨，而贫弱者最惧怕萧瑟凄凉的使者。今夜，21 世纪的第六个中秋月圆之夜，我在古城墙头寻觅佳句以歌唱我们可爱的西安，我在垛口历数圆月以解今夕是何年的天上宫阙，我在低头思故乡的同时床前叠印的是谁家洋楼的暗影，我在慨叹天下三分明月夜几分清辉在长安……

我明白了，今人不照古人月，丙戌年的中秋月只对新时期的长安负责，新西大街的亮丽和大雁塔的钟声，永远谐和着西安人的心境和脉律，垛口只是一个盛酒的容器……

贯通老人记

费氏秉勋者，蓝田醇儒也。

所谓"贯通老人"，乃七十大寿庆典时，其门生丹凤人贾平凹之献辞也。人尝谓"人生七十古来稀"，一个"稀"字，道出了人生晚境的落寞与收缩。然费先生不是，他"稀"年之后，才正式开始出发，才显而易见地膨胀，才如朝暾般露出了纷红的灿烂。

他老瘦学琴，从小学一年级登堂入室，他求得李祥霆的古琴教学光盘，一弹一拨从零开始；他访寻西安琴家李明忠，三顾其府聆其高言；在《流水》里追《忆故人》，从《梅花三弄》里遥想《阳关三叠》，于蓝田原上体证《秋风辞》里的《平沙落雁》；他神形高古追慕先贤，要续接的是韶乐遗韵，要贯通的是天光地气中华正声；他执着于书法，于五色墨迹中探寻王右军的奥妙，要续接中华线条的提按绞转之美，以贯通民族根脉重振精气之灵；他青灯黄卷体证佛法，与高僧大德唱和新谒，为民间社会接引云层之上的阳光，以贯通灵与肉的大榕气根；他高阁供《易》身践"义理"，从自著的十几部易学著作再出发，体悟韦编三绝的意趣，以贯通圣人的文脉与气息；他邀约三五发小往复蓝关古道，探思"云横秦岭家何在，雪拥蓝关马不前"的真谛，从韩愈坐望内圣外王之道，以贯通庙堂与江湖的忧乐之志；他玩弄时尚开"博客"、写"微信"，如灯盏照耀方圆，如炉火辐射热力……

五十多年里，他于行走中著述，于静思中布道，哪怕西风摧折高乔，他从未背叛自己的文化立场；他在西北大学做教授三十年，离公之后又出发，立场愈益坚定，步伐更趋豪迈；中华文化的长河里，他求本溯源，他正本清源，身为博士生导师，引领弟子们认祖归宗、贯通人文，中华有此老人乃是吉星高照，中华有此老人乃是船乘顺风。

噫嘘，若九州倡此，则文化不再趔趄矣！

未完成的老人像

一

"请问教授的出生地?"

"费尔那。"

"噢!那是法国南部一座美丽的小城,碧水环绕,四季鲜花不败,啊……"

"我的费尔那只有荒山,一条干涸的沟,还有石头缝里的草。"

这是一位来自欧洲的汉学家,在西北大学访问中文系教授费秉勋先生。谈话是从误会开始的,但他们很快就进入了中国历史,他们在中国哲学和中国神秘文化那里找到了共同的话题。从龟甲卜辞到周易八卦,费教授认为阴阳五行说是中国哲学的基本支点,由此,中医上的《黄帝内经》,音乐上的五音工尺,建筑上的风水协畅,绘画上的虚实写意,等等,都以这个哲学支点为基础建筑起各个门类的基本构架。中国文化是一潭深水,改革开放以来国内兴起了一股对这潭水的虚无之风，这如同全盘否定西方现代文明一样，都是偏颇的、不客观的。

正交谈着，来了一位企业家，声称是坐飞机从厦门来的。此行是专请费先生到厦门为他们新上的一条生产线预测效益，酬金是一万元人民币现款。

费先生却说："其实，我是不信这些的。"

来人说："您写了那么多卦书流传天下，南方一些企业界人士对您崇敬如神呢，酬金上还可以再商量，您这也是支持改革开放嘛！开放不只向洋人开，还要向古人开嘛！"

费教授说："我的书你们大概没有看懂。我主要是从这个角度研究中国传统文化的。给企业算卦的事我不会做，你回去吧，好好研究经营上的学问就一通百通了。"

"教授你真是个高人，仙人指路只在那么一点。我们企业在原料供应、生产程序、产品质量上都没有问题，你算得非常准，我们的问题就出在营销上，这下我回去就有个交代了，这一万元酬金是个小意思。"费秉勋当然不会接他的钱，并且反复向来人说他刚才的话不是算卦。

和汉学家的学术讨论就这么被搅和了。他的日程排得很满，一件事误了，后边的事都得误。一位朋友拉他去三原县，朋友在一个偏僻村子的独身老农那里发现了一本明代的善本书，他们跑了两天，花 500 元买了回来。他收藏的线装书有一柜子，这是他的营养，也是他的家当。他神机妙算的故事在民间广为传播，被人称为"秦中神算"。其实，他都向来人强调不要太相信卦象，说人的命运其实都掌握在自己手里。

二

1998 年以来，他先后出版了《八卦占卜新解》《奇门遁甲新述》《中国神秘文化》《易学万年历》等专著。他因此而担任了陕西神秘文化学会会长，应邀到全国许多大学去讲学。

在这个领域，他的学术底色是品性沉稳、思维缜密。

他的第二个学术领域是中国古典文学教学。他从研究生毕业留校以来，一直讲授宋元文学，同时开的课目还有中国古代文化、中国悲剧史、音韵学、中国舞蹈史。他出版的专著《中国舞蹈奇观》因"深厚的审美功底和敏锐的审美感受能力"而获陕西省首届艺术科研成果奖。他也因此成为舞蹈家协会理事。有人知道他是舞协的，以为他是歌舞团的编导，也有人说他年轻时跳过《白毛女》里边的大春，其实他连普通的交际舞都不会。

他从 1988 年开始任先秦两汉文学硕士研究生导师。

就这么一个沉静神秘而古典的人，其前配夫人刘岚偏偏是秦腔演员出身，且性格外向，做事风风火火，说话声高气急。刘岚善做火锅，一帮朋友就隔三岔五到他家去吃喝。每到这个时候，他就很听话地在夫人手下当帮手做底料。锅开了，夫人喊姜叫葱，才发现他在阳台上对着光在一丝一线地剥葱皮，神态斯文，动作典雅，惹得一帮食客哭笑不得。

因为出身贫寒，节俭是他的根本信条。一次，讲学回来，发现楼下垃圾堆扔了一床棉被套。他很想捡回来，又怕别人看见笑话，上了 5 楼又下去，左右窥视见无人注意，就挟起棉套奔上 5 楼。回到家，他先把东西在阳台藏好，就气喘吁吁地喊来刘岚，十分激动地说："我捡了一床棉套子，七成新的。"刘岚过去一看，气得笑出了眼泪，说："这是我扔的！"原来，夫人准备把老棉套换成时兴的太空被，就拆了旧套子扔了，谁知前脚扔他后脚又捡了回来。

在刘岚患肝癌最后的日子里，面对无望的抢救，看着夫人痛苦的挣扎，费先生以哲人的理智通知医生简化医疗程序，以使夫人早日驾鹤西游。主治医生说，费先生真正是大学者，以超常的冷静与理性永别亲人，这在他的临床史上是少有的。

夫人逝世后，费先生献的挽幛上写着两副挽联：

红尘濡沫共一世；白鹤折翮今两飞。

易为苏公惊梦；难效庄生鼓盆。

贾平凹献给师娘的是长联配着的一幅6尺中堂，长联为：

二十岁拜师费门求知识携去一卷稿初食师母一碗面至今肚子还饱

九五年远走他方为功名抱回几摞书不闻恩人呵护声何日悔恨能消

中堂是：

刘岚师母我深深地怀念您

三

费先生的第三个学术领域是当代文学评论。在这个领域，费先生有自己稳定的学术思想，他真正从学术良知出发进行评论，陕西乃至全国不少作家都受惠于他的批评。当年，贾平凹因写出一批伤痕小说而受到不公正的待遇时，他发表大量评论肯定贾平凹独立的艺术品格。但当贾写出《废都》一书初稿征求他的意见时，他决然直言："此书暂时不要出版。"

1990年，费先生出版了专著《贾平凹论》，此书曾再版两次并因其"严谨扎实的学风和宏阔的文化眼光"而获全国第三届中国当代文学研究奖。一个教授研究一位同时代的著名作家，这现象在中国当代文坛绝无仅有。

费先生的人格底色是：有骨气而无傲骨，面懦怯而心刚强。

费先生虽年已六旬，但他的学术形象还正年轻，他的研究成果还在发展中。按中国传统观念，60岁就算是老人了，但费先生的老人形象并未完成，一颗童真之心支持着他的学术青春。

1998年10月25日，费先生与西北工业大学著名航天教授吴小玲女士喜结良缘，西安知识界、文学界名流聚集晶华酒楼，为这对教授举行婚礼庆典。一对新人唱了《敖包相会》，又唱了《枫桥夜泊》，吴教授的女高音明亮悠扬，费教授的男中音浑厚深沉，人说这是天作之合。于是有人建议每位学者为之撰联以作纪念，这就有了以下的作品——

严琦、陈华昌：

你行家我行家再探玄机连体著书开新途

男专家女专家不分两家阴阳共盛难雌雄

孙见喜：

费导师吴教授共寝一榻谁为老师谁为徒

古汉语新机械同翔九霄谁为长机谁为僚

陈云岗、宋从敏：

费尽心思志在夺吴

草船借箭梅开二度

轮到贾平凹，他略显忸怩，把一张纸掏出来又装起来，几次反复且表情怪异。众人催促，他才说，在我们商州，闹新房是不论辈分的，我这副贺联如有不恭请诸位原谅，他念道：

费教授吴教授互交互授

西北大西工大愈吸愈大

平凹解释说："'互交互授'的交是'交通'的交，'愈吸愈大'的吸是'吸收'的吸。"

众哗然，都说不愧是费先生的弟子，不愧是《废都》的作者，看问题一下子就切入实质。也有人说，话是放肆了点儿，但这也是对新师娘最美好的祝愿。

新师娘高高大大，白白净净，苗苗条条，爽爽朗朗，她娇娇羞羞地笑道："什么师娘不师娘，我和平凹是同岁呀！"

雷珍民先生二三事

　　珍民书法，端庄方正，世人宝之。被国家诸部委如中央军委、中国外交部、中国海关等，制作名称牌匾，奉为国体。台湾蒋纬国家族，更是珍爱有加，蒋氏亲与珍民通信数年，切磋书法艺义。丙戌之春，即西洋历三月十三日，余于西安龙首原陕西国画院与雷公讨论编辑出版巨型工具书《雷体真草行书法大字典》，毕，余言君之新作《水滴石穿》搜求者甚众，且历数周围友人十数之多，雷氏闻之即奉出五部相赠，三简装二精装，均藏青色凸版护封、套函庄重，如钟鼎坐堂。当晚，作家王新民全玉玲伉俪宴请余及恩斗海霞张小玲诸乡党，席间恩斗言其女儿在政法大学参与书法比赛之事，说希望求到好的书法范本。其女幼时曾循石宪章先生习榜书，后，石氏故去，其女考中西北政法大学，恩斗与其妻曾议言欲使女儿书艺长进，当拜师于雷公门下才是正道，言及此，余当即捧上一部《水滴石穿》，说活该是你们碰上了我，算是你家与雷公有缘吧！之后，又践诺呈送一部与友人，屈指一算，手头尚余三部，心下盘算：拟赠小女孙立扬一部，小女考西安交通大学艺术学院书法专业研究生，连考两春，今年得中，此书为当用之工具书。另拟赠余外甥邵鹏飞一部，鹏飞一直临摩欧阳询，此书亦为必需。此书出版之初，雷公即赠余一册，不幸被余弟瞧中，喜极爱极，捧抚不舍，余只好忍痛割爱。弟得之珍爱如宝，随时临习，两年间书艺大进。

忆余幼时，祖父常促临帖，言字乃文人的门面。他当年在洛南县景村熬相公时，山西籍程掌柜送他一部赵孟頫的《唐狄梁公碑》，此书他收藏四十余载，也偶尔捉笔临写，待余入了小学，他即郑重捧出，励言嘱之。如今，祖父过世已逾三十年，这份"遗产"继承得余心愧、心痛，余书而无法啊！忆往昔，赵氏此帖，余也不辍临习，其间，也曾转向欧阳询求法，然今得雷体书法，情更独钟。曾在1989年西关地区抗灾义卖时，余以200元购得条幅一帧，后又托雷公乡党、吾友马河声上雷府求购一幅。丙戌之春，老宅重修，请珍民书门庭抱柱联一副，联为祖堂旧题："继世衣冠皆祖德，满庭兰桂是春光。"此已经魏庚虎先生刻妥备用。又，雷公出访日本前，欣然为故乡打儿窝古迹题"许石山娘娘庙"，此已制碑立于古庙山门。从此，雷公之书法在商州故乡亦光辉永存矣！

2010年商南茶叶节期间，安排西安书画家一行游览金丝峡。见一卖鸡蛋的小孩衣衫褴褛，似乎大半天也无人买他的。雷珍民走到跟前，询问价钱，便立即转上来一堆人，随行人就说雷主席是想吃鸡蛋吗？雷主席摆摆手走开了。在众人观景的间隙，他快速走到小孩跟前，拿了一个鸡蛋，给小孩手里塞了一百元钱急急走掉。小孩呆了半天，把这张百元大钞拿到附近商店叫人辨认是不是假的，那个人反复看了说是真钱，小孩就说有个人买了一颗蛋给了一百块没叫找钱就走了。商店人说，这娃你今天碰到贵人了，还不赶紧去给人家磕头去。一行人参观完一个景点出来，小孩认准雷珍民就给磕头，雷珍民拉起娃笑着说，娃你认错人了吧，快去做生意去，可不敢乱磕头。

2012 年暮春，山阳县组织天竺山笔会。雷珍民在山上为活动的组织者文联写了一幅字，又给庙里题了一幅字。一些书画家创作的字画都放在一堆干柴后边压着石头晾着，当时风大，游人甚多，还有喝水的吃饭的民工等等。收字画的时候，给庙上写的一幅字偏偏不见了。许多人十分生气，有人主张报警，有人埋怨道士们不精心看管，一个小道士就哭丧着脸说他没法给道长交代等。雷珍民给小道士说，你领我到庙里找去，到了庙里，雷珍民把一沓钱放进功德箱，悄声给小道士说："丢了字的事你也不要再对人讲了，可能是谁喜欢拿走了，我给你再写一幅。"旁边有香客就对小道士说："雷

主席给你这一幅字在西安值五万块哩，你不要以为是耍耍哩！"小道
士赶紧打躬作揖，雷珍民扶住小道士说："不敢不敢，来朝你这山
也帮不了啥忙。"

铁笔胡其人

长安城里有一书家，其人头发稀疏却面色红润，衣着朴素但神气尊贵，言语随和却意识高古。此人真名胡树群，当过美术学院的副院长，当过省文联的副主席，也算文化艺术界的一方头脑，按惯常的派头应该是行走目光朝天、往来权贵款爷，但此人却逆向行驶、低头向下，或路边枕臂而眠的民工，或脚手架上顶风苦劳的泥瓦匠，他写文章替他们诉苦，作书法为他们张声，也救助过一些即将成为"冻死骨"的可怜人。有人就说，天下穷人太多，凭你写几个字挣的钱怎么能救助得过来？这位胡书家的答复也逆了惯性思维，他说："我不是在救助别人，是别人在救助我。"问者惊疑，他解释说："人活着不只有一具皮囊，你可以穿金戴银可以位高权重，但人的真正价值在于他灵魂的质量，虽然有西方的某机构测量出人的灵魂是21克重，但有良知的中国文人都希望自己的灵魂重于泰山，一具健全的有质量的灵魂中不应当仅仅只有功名利禄，而更大的灵魂空间应该搁置慈悲和恻隐，如果这个空间被别的占有，那应当随时清理和修复，所以我应当感谢那些路边的穷人，是他们给了机会让我随时打扫心灵并为自己的灵魂增重，有的人帮助了别人就自以为成了菩萨，而我却始终认为不是我救助了他们，而是他们救助了我。"这一番高论让笔者数夜难眠，为此我甚至重读了《孟子》和《朱子论语》，终有一日，这位被称为胡大师的书法家，他完整的人格形象在我脑子里清晰起来：这是一位灵魂高尚的人，这是一位道德自觉的人，他的恻隐之心，他的羞恶之心，他的辞让之心，他的是非之心，完整地展示了他的做人之本：仁，他的处世之道：义，他的人际之规：礼，他的心源所在：智。

支撑我如上解读的，有他的诗歌为证。他在一首《向清洁工致敬》的自由诗中写道："你，无缘收受金银细软／只把昨日的尘埃积攒／即使路上捡到'值钱'／也要立即交还／你说这不是我的／唯有别人不要的／才与我有缘／你挥舞着如椽的帚笔／把一个个人字／写满大街小巷／望着你的背影／我思绪难平／这个影子越来越大／越来越高／非仰视而不得见……"作为一位有成就的书法家，在尺纸万金、市场日隆的当下，真诚地对普通劳动者持"仰视"姿态，这种秉持"民为贵，君为轻"立场的经典知识分子，真该以"国士"待之！

更有他大量的书法作品支撑着他灵魂的重量。如他写给某建筑工地一位农民工兄弟的四尺中堂："以汗和泥三伏中，冰雪甲胄立高风；广厦千间非我屋，脚手架上看日升。"整幅作品一气呵成，石砌钢铸，笔笔铮硬，那种炽热的平民情感如烈火烹油，不由人不对这位胡大师肃然起敬！

当下中国，不少富人做出了一些看似悲悯的举动，但那实际上是为了上媒体、为了当代表、为了以此谋取更大的利益，在弱势群体面前，他们是施舍者、是救助者、是观世音，对此，胡大师拱手称之"伪善"，我说既是伪善，就应该斥之，你怎么还拱手其人呢？他答：人家毕竟还有个善字在里边嘛，毕竟比为富不仁者光堂一些嘛！

作为文化人不能没有文化立场。胡树群的文化立场鲜明而果决。他用中华传统的文化和艺术，坚决地表达他与老百姓共苦乐的立场。他画竹子，用"清风高节"明心性，用"节挺脊梁写骨气，叶飞匕刀对邪恶"表态度；他的座右铭是"宁可不如人，不能不是人"；他给一位友人写的忠告是："人在地球上走一趟，总不能只留下脚印和粪便，而应该给这个世界添一点美好的东西，无论是物质的还是精神的。"他受人之托给一位国家领导人写字，呈上的是一则励志联："苟利国家舍我其谁，匡扶社稷思危则安。"更令人吃惊的是，别人要给当地领导送他的书法，他写成的却是对领导的"教导"，朋友惊恐，他却坦然，说："领导肯定喜欢。"事实果然，领导说了：胡先生送给我的全是勉励的好话嘛！

对于书法艺术，他的观点是一人二文三书法。要学书法先学做人：健全的人格、清高的风骨、有分量的灵魂，缺一不可；二是要有深厚的学养，所谓的大家，不是大牌子、大位子、大帽子、大价钱、大脾气，而应当是大学问、大胸怀、大视野、大手笔、大贡献。所以说，书法是书写者灵魂的心电图，是书写者脊梁骨的 X 光片。做人是学书的第一道关，最为马虎不得。其次是对中国传统文化的积淀，要有自家学养，自己的学术建树，至少有一块属于自己的专业领地。最后才能谈到书法技术与艺术，临摹、写生、祖脉宗法、笔墨功夫、思想和情感含量等等。

这位胡树群，虽然庄重却不失幽默。他写给相声表演艺术家姜昆的一幅字是："山数昆仑高，姜是老的辣。"一位公务员求他的书法，他依《陋室铭》的语调书之曰："位不在高，有为则名；权不在重，为公则灵；斯是公仆，唯民是听……"在轻松搞笑中"怡神逸兴"，又传达人生理念。他也写了不少应酬唱和之作，但看不到他巴结权贵的谀词。他说："在人格上，我与任何人是平等的。再高的官，人格不行，我不屑一顾；而普通的工人农民，人淳厚真诚，我仍然高看一眼。"

胡树群凡创作书法，皆我手写我心。他甚少拿古代诗词应付求购者，更不用陈词滥调忽悠义卖活动；他的书写内容基本上都是自撰，他有文学上的创作能力。

他的书法风格，属于刚强劲挺一脉。临他书写现场，威猛森然之气扑面而来，那手中的毛笔仿佛刀矛戟戈，直戳横砍，一如沙场起了风雷。那绞折如电焊、点画似斧凿，间架立身绝无柔弱之态，更无故作的老迈之拙，可谓酣畅淋漓，青春气息扑面而来。但凡书展，只要这位胡大师的书法挂起，基本上找不到相像或类似的作品。特立独行的个性和刚硬强悍的书风使他在当代书家中个性鲜明，行笔又是中锋正路，一如钟鼎坐堂，八风难撼！也就难怪了，"铁笔胡"的外号声名远播，其传略被收入一百多部艺术辞典。

群众喜爱这样的书家，老百姓能读懂他的艺术。有他的字挂在堂屋，仿佛有秦琼敬德镇宅，任它神鬼妖怪作恶不得，任它狼虫虎豹侵犯不能。

他是老百姓精神的守护神，无论思想还是艺术。

王延年：

血管与地壳同律动

　　险恶的山崖悬空欲坠，如兽的巨石如蹲如卧，瘦小的溪流慌忙奔走，赶路的人儿弱小单薄……这是王延年先生的一幅山水画：《秦岭溪流图》。画面笔法糙粝，仿佛粗陶之音在振动。画面传达出的感觉是：秋的萧索远去了，冬的冷峻残存于小溪，春的烂漫正在萌动，夏的热烈在期望中；穷僻的气息扑面而来，逼沉的，压迫的，似闻岩层错动的声音，仿佛地壳隆起的火迸与岩浆，这是画面，更是意识，在险恶和沉重的背景上，独木桥上走过哥哥送妹打工疾行的身影，似有却无的嫩黄昭示他们的希望，这希望生长在巨石的逼仄团块中，危岩预示着不幸的潜在，山民命运的展示在如此的意象中完成了。画家是悲愤的，但他把自己的情绪控制得不露痕迹。法国学者孟德拉斯在《农民的终结》里说："对于我们整个文明来说，农民依然是人的原型。"这里，画家碰响了一个全球性的主题。

　　相反，《万壑松涛仙源图》却展现了画家的另一种情怀。或许，他不堪污浊人世的丑陋与凶恶；或许，他心怀圣洁向往仙山与净土，一个从天而降的境界涌上心头，他的目光为之一亮，笔下出现了吉祥的线条和瑞丽的色彩。旷远与辽阔，光明与金黄，清流的妙音，山体的原生古趣，皱的轻微消化在赏心悦目的宽广中，画家的视点甚高，非鸟瞰不足于辨析泉源与动机，非宏观不足以包揽松涛与云海；雾的弥漫与遮蔽使人想起前苏联地质学家瓦尔霍夫描述过的一张山水风景画：灰蓝色的湖泊后边是雪峰的背景，山峰间弥漫着沉重的云气，湖面上山岩的倒影呈玫瑰红，山脚的碎石则深红如血，日光从山间投射下来，可见碧蓝色烟气呈圆柱状升腾。这样奇怪的画面，是画家的虚构还是真实的风景？怀着疑问，地质学家去拜访画家秋逻索夫。画家告诉他：画面上的风景完全出于真实的写生，为了画这张画他几乎死在那里。那地方是在阿尔泰山的里司维雅高峰和卡顿河间的某处山岗，相传那里风景奇幻，到过的人几乎都会死掉。出于艺术的探求欲，画家携带了画具前往，到达后他被这里奇异的景色惊呆了，可他的速写尚未完成，就觉得头昏胸闷，恶心流口水且呼吸困难，他赶紧收起画稿逃离，回家后凭借记忆真实地描绘了他亲眼所见的风景，但他为了这幅画整整害了四年病。听了画家讲述，地质学家决定去实地调查，但他被画家拦住了。画家答应在他死后将这幅奇异的风景画赠给地质学家。五年后，地质学家收到了这幅画，他知道画家已经离开人世。为了缅怀朋友，也出于地质学家对奇特地貌的敏感，他决定前去探寻画中的山水风物。在出发前，他请教了化学家和医学家，为防万一，他携带了防毒面具和勘探器械。他历尽艰险找到画中的湖泊时，就急不可耐地拿出器皿去舀湖中的水，可他哪里舀得动，这是一种沉重而光滑的液体！地质学家兴奋至极，原来这是一湖水银！这么庞大的储量足供全世界数十年之用！水银学名汞，汞的沸点很低，天热时在湖面上挥发成蓝色蒸气，汞气有巨毒，所以到此之人生还者很少。看了王延年的《万壑松涛仙源图》，我猜想，如此玄妙的山水，恐怕不仅是他心中的圣境，更是他实勘之所得。凭他的勇敢和探险精神，秦岭山中的某一天，金色的朝霞和祥瑞的云霓突然降临，他身境和心像前所未有地重合了，于是，画笔随云气而飘渺，色彩与意识合天而一，一幅辉煌的国画就这样诞生了！这正应和了贾平凹文论中的一句话：好作品是天地间早就有的，只是看谁去采撷。然欲采撷之，必先苦其心志、饿其体肤、空乏其身，或者在血水里煮三次，在碱水里泡三次，经历了大苦难、大悲愤、大屈辱，才能深入非常之境，才能采撷到高妙的艺术之果。

这就不能不议及画家的人生历程和创作道路。

王延年出生在洛河南岸的玄扈山，这里是轩辕黄帝的史官仓颉造字的地方。仓颉"仰观奎星圆曲之势，俯察龟纹鸟羽山川指掌而创文字"，这位先祖创制的 28 个原始文字至今还镌刻在玄扈山阴。山下的小村子里，一位小学校长延续了从祖上起就收藏字画的家传，他的独生儿子在书香墨色的熏染下自小习书作画。母亲的剪纸、手工缝制的香包、布老虎是他的玩伴。后来，他考上商洛师范学校，毕业后返乡当了教师，书画技艺获得长足进步。可是，一场"文革"浩劫迫使他回乡种田，他在家被抄、画被毁、身心受辱之时，不堕艺术之志；他住柴棚手不离画笔，上山砍柴也坚持林泉速写；他跋涉于艰难时世与自由艺术之间，曾先后应邀去画村史、社史、厂史，虽为政治做附庸，但他认为这是学习的好时机。终于，绘画上的业绩使他成为县工艺厂厂长，他从此有了更大的艺术空间。于是，在新时期来临之时，他的创作激情一发而不可收拾。1980 年的大年初一，他画了一幅红梅，题款云："昔画红梅款难题，今写梅花喜迎春；寒冬霜月时已去，暖流春风上青云。"

苦难使人深刻，悲剧使人崇高。王延年，这位 20 世纪 50 年代的学生，60 年代难生、70 年代谋生、80 年代新生的民间画师，抓住了历史的机遇，为了艺术上的登高远望，他先后在陕西国画院、无锡书法艺专、法国阿兰马尔商教授的现代设计讲习班，师从张仃、方济众、徐本一、王澄、刘文西等老一辈书画大家，他研习文史哲，更浸淫书画传统。他目标如一，再远的路也短，再苦的生活也甜，为了自己钟爱的书画艺术，他掏出热心侍奉自己敬仰的大师和书友。

功夫不负有心人。他的画作一步一个台阶地向着妙境高蹈。他崇尚古意，现实生活却缠绕在心头；他赞叹西洋技法，却偏要嫁接上一颗中国心。于是，我们读到了《春到秦岭》。这幅笔法古奥的山水画里有了现代交通，人们不禁要问：是什么通了？中西文化的互通？还是传统与现代的沟通？还有，《秋山安居图》中的时代气息，仿佛电波的时尚信息穿破了玄武纪的古崖，那势的动向、物的呼应、书法的线条与水墨的团块，在山间的打麦场上织出一片亮丽、一片温馨、一片山野牧歌的现代旋律。

他的艺术获得了人们的肯定，他向秦岭深山跑得更勤了。面目黝黑的樵夫，是山的脊梁；壮硕健美的村妇，是山的精灵。一段时间，他甚至想当山里人的上门女婿，把自己永久焊接在秦岭的石崖上，使自己的血管与地壳同律动，使自己的肤肉与草树同根生。他画了上万张的写生，摸透了山的脾气和性格。一个时期，他和画界师友讨论的一个话题是：现代山水画为什么总是在古人的囿园里打转转？当代画家的突破口在哪里？经过苦苦的笔下探索与野外临摹，他的结论是：填充程式古壳的唯一法门是写生。

他创作中国画的另一类题材是工笔的唐人生活。他生活在西安，古长安的文化气息和精神传承浸泡着他。他画的《唐人时尚》，画面上充满皇家气息，宫女回眸，天上仙鹤翩跹，壮士勒马引路；这是丝绸路上的旅行瞬间，却不见繁复的货物行囊；是春日踏青的愉快郊游，却不见草色柳丝；这一切都被他略去了，都不必要了，他要的是一份俊朗的心情，一种仙鹤般的自由舒展，一种味道，一种情调；高贵与自由同在，是物质上的平台，更是精神上的一个向度。这里，他拒绝了批判。还有《打马球》，画面中的仕女洋溢着大唐的宫廷气派，配以对角隐逸的古树与芭蕉，人物是"图真"，植物是"写意"。他画的《荷》，仿佛独弦琴的清韵，巨大荷叶的浓墨淡烟中，一枝独秀，艳而贵，华而富，横空出世，是高古雅致的精神象征。还有《仙语图》，他画出了落魄中的幽默、高蹈中的机智，疑问的仙人与沮丧的仙鹤、精神的高贵与境况的寂寥相映成趣。《长寿鹤与红鲤鱼》，是智者与丽人的对话，离水的妄想只在腾起的瞬间，在交谈与互诘中，对生命的悖逆想象成了言说不尽的哲学话题。

2006 年，王延年完成了三十米的长卷《终南复岫》。有唐太宗李世民的诗为证：叠松朝若夜，复岫阙疑全。这幅全景式的山水，远取其势，近取其质，神情饱满，气韵雄强，其千山万壑，开阔大气，形神兼备。画面上山峦叠嶂，草木丰茂，云水飘逸。斧劈皴的陡峭与高耸，笔法的干、湿、浓、淡掌握有度，尺幅之上，思想的张力和灵性的飘游可感可触。画家于严谨中挥洒自由，密实中表现静虚，浓浓的自然情怀洋溢纸上，从而成功地再现了"山从人面起，云傍马头生"的关陕风景，他在解决当代山水画好看不耐看方面作了有益的尝试。这里，秦岭在南北文化上的意义纸面上没有直接表现，南山十八峪的佛道祖庭也不见飞檐翘角，王延年似要排斥文化对自然的侵袭，但他忽略了终南山对中国文化史的特殊意义，"终南捷径"虽不是多么值得称道的雅事，但文人的理想和抱负却浸透了这里的每一块岩石。拙以为，这幅长卷里还有更多的精神和操守尚待挖掘。高明的艺术品总可以从细节上透露作者的文化立场。这里不能不提到北宋大画家范宽，他深入到终南、太华一带的深山里，眼观、手触、耳闻、心察，所作之画，峰峦浑厚，笔墨雄奇，人观其画，"恍如行山阴道中，虽盛暑中，凛凛然使人急欲挟纩也"。他的《溪山行旅》《雪景寒林》，画面是大块的构图，山嶂矗立，气势磅礴，关陕峻岭，壮观巍峨。王延年似得了范氏神韵，仰山之高远清明、窥山之深远重晦、望山之平远明暗都处理得较好。这正应了一个说法："齐鲁之士唯摹营丘，关陕之士唯摹范宽。"但如何以前人之法滋养自我精神，这是当代山水画家出新求变的关键。好的笔墨和高的境界，全赖于文化精神的渗透与蒸腾，唯此，好看之上才有耐看，美丽之外才有品味。

当代的山水画家里，不少人以苍茫古拙抵抗后工业文明对自然的异化。这想法不错，但效果却是生硬。当代人文与古典情怀不是对抗而是对接，对传统的墨守固然可以返璞归真，但低层次的重复难以抵达高层意义上的"归真"。中国画在"新"与"变"的振荡中前进，但"雅"却是终极目标，而出了"逸品"才是正果。也有人以"狂怪"自标，但镢头不等于红薯。

综观王延年的中国画，是他敬天法地的产物，是玄表之象与群形之式的结合。创作实践上，他近取诸象，远取诸物，以笔造化，心聚天地之气；一皴一线，招摇生命之美，或山石溪流，或农舍田园，或瓜棚豆架，或牛羊篱笆，俱以水墨语言展示独立品格，物我合一中透露自由思想。

    1987 年，王延年跨过长江在无锡办个展；1991 年，他越过黄河到北京办个展；1994 年，他跨过太平洋到美国办个展；2000 年，又随中国美术家代表团出访西欧五国，在十九个国家的艺术馆、博物馆里流连博采；艺术之光照耀着他，绘画之神与他亲近。近年来，王延年先后参加了国内外五十多次重大展览，参与了三十多次有影响的学术研讨会；他荣获国家星火计划成果展"优秀书画作品奖"；获得全国书法篆刻优秀奖；其个人传略和书画作品先后入编《中国美术选集》《中国书法选集》《世界当代书画作品选》《世界现代美术家辞典》《世界美术家传（华人卷）》等二十多部大典类工具书。1993 年，经中、美、英、日等国的十家美术组织联合成立的"世界艺术名人评审委员会"评审，他被授予"优秀书画家"荣誉称号。1994 年，王延年随陕西省人民政府代表团出访日本、美国、墨西哥，并在美国举办"王延年中国书画展"，此展使他成为陕西画家中第一个在美国荣获金奖的画家，展品中的 3 件作品分别被美国国会众参两院和美国国家艺术博物馆收藏，4 件书画作品被代表团以国礼赠予洛杉矶总领事馆和世贸主席玛丽女士及博览会执行主席艾伦扬奈尔。王延年的国画成就，得到了中外观者的肯定，在陕西画界，他也占据着重要的地位。原陕西省国画院院长苗重安就很欣赏王延年的气质和修养，说他不仅是艺术家还是思想家，说他把书法运用到中国画中做得很好。原中央工艺美术学院院长张仃认为：延年的画师古而不泥古，对继承和创新的关系处理得当，笔下的东西很有生活和情感。著名山水画家崔振宽说：王延年在线和气的关系上处理得当，他很会造势，画中充满张力，抒发着顽强拼搏的生命自尊与渴求。中国美术家协会顾问刘文西说：我画的黄土地老人和所有人民，与你画秦岭的一山一木一溪是一样的感情，没有这个情感是画不出来的。著名山水画家关山月对王延年说：你的山水一看是长安的，画里有传统有生活。原中国书法家协会主席沈鹏称：延年书法融合诸体通神。

爱因斯坦说："物理学理论如果不能使小孩懂，就可能是无价值的。"王延年的中国画美丽明快，怡悦身心，甚得老百姓的心意。他不搞黑丑鬼怪，他的艺术属于人民。现在，王延年一头钻进中国艺术史，一头扎入民间山野，更为宏阔壮丽的画面在人们的期待中正健康发育，因为，他的心与山崖连在一起。

鹤坪的五马长枪

　　西安五十岁以下的作家中，鹤坪的经历是最丰富的。他父母是鞋匠，在老西安的大车家巷住了一辈子，见识了五行八作的万千世事，又从老辈子那里听来了一十三朝的掌故和风情，就有了一肚子的"古经"和一笸篮的市井故事。鹤坪自小就在这样的笸篮里睡眠，在这样的汤汁中浸泡；一根绱鞋的长麻绳，母亲在那头捻线，鹤坪在这头合绳，一长串的历史就缝进了鞋帮、钉进了鞋底，也伴随着叮当作响的敲打鞋楦子的声音，镶在了鹤坪青少年时代"人之初"的心灵深处，一种诗意就在心头萌动了。鹤坪会绱鞋，从小学二年级开始，他穿的鞋都出自自己的手下。一行一行的针脚，后来改成了一行一行的诗句；鹤坪完成了人生的第一次"蝶变"。

　　他成为著名的青年诗人，是在 20 世纪 80 年代初。那时候，新文学的大潮席卷中国，他的职业是蜂窝煤厂的送煤工。他很自豪，说是肩扛一筐黑太阳，让它温暖二楼的一颗寒星。

　　二楼，住着贾平凹。那时候的贾平凹，是一列高速行驶的火车，他太需要煤了！鹤坪给他送去蜂窝煤，整筐子码好，捅旺炉火，两人就对坐了饮茶，说一段老西安的陈年往事，或评点某位诗人的一首诗歌、某位作家的一个小说情节，《致橡树》啊，《我爱每一片绿叶》啊，《爬满青藤的小屋》啊，《大墙下的红玉兰》啊，等等。他们成了朋友，有时候就无话不说，有时候就扯上了是非，有时候就招惹了有背景的人。

平凹是打死他都要写作，鹤坪是咽不下一口气。他说咱自小就在老西安的地盘上混，你从大南门朝西打听，湘子庙街、德福巷、五味什字、甜水井，哪一街坊的小混混不认咱是祖宗，还混在他娘的文学圈里叫人欺，老子不弄啦，老子挣钱去呀！

他下了四川，组织了一个歌舞班子，全是少数民族的细妹子，一伸胳膊一张口就能迷倒一片观众。三年里，他用他诗歌的旋律团住了这群少男少女，也把自己团成了编剧和导演。80年代末，已是团长的鹤坪把这群少女带回了西安，他们在大南门里的书院门开了一家"红高粱酒楼"。酒楼开张之日，适逢一家电视台筹拍的贾平凹专题片开镜，于是，鹤坪和他的细妹子们打开了大坛子的酒，又是歌，又是舞，送着一行车队浩浩荡荡朝商洛开去，鹤坪心里美得滴蜜，他想这是双喜临门，就喊着喊着叫手下人去买一个簸箕来，问有什么用，他说准备揽钱呀！酒一喝多，又免不了唱一首诗、念一段戏文。可是没出三天，双喜临门变成了祸不单行。先是有权威部门上门要摘牌匾，说是"红高粱酒楼"中的"粱"是个错别字，这么大的招牌，这么大的作家，这么大的酒楼，这么重要的书院门，出现这么个重要的错别字，太有损于西安的形象！鹤坪一时还没转过弯，领班的细妹子就说这是大作家贾平凹题写的，人家就说拆下你这块匾就是要爱护大作家贾平凹的！鹤坪毕竟是弄过文字的，他碎眼睛一眯，沙着声给来人说："兄弟你过来听老哥给你上一课。"要摘牌匾的人就一齐嘲笑着簇过来，榔头起子也一扬一扬地挑逗他。鹤坪说："这个'红高粱'，就是你说的那个'红高粱'，你要弄清楚啊，古时候'梁''粱'通用，贾老师在这里用的是古汉语，你知道吗？"说着说着小眼睛也就红了，一柄尺把长的剔骨刀握在了手里，来人一看耍横的碰上了不要命的，就发下一纸命令：限期整改！

　　这边"红高粱酒楼"还没整改，那边拍专题片的人马就鸟兽散了，一是平凹坚持不在家乡拉赞助，二是他害了急性菌痢……三个月后，"红高粱酒楼"收摊散伙，平凹身体康复，二人围炉夜话，不禁唏嘘感叹，世事叵测啊！

毕竟是两个书生。

平凹继续埋头写他的《废都》，也不时规劝鹤坪重操旧业："吃文字饭是你的宿命啊！"

对平凹的"规劝"，鹤坪不解了好久。他给平凹说："有你给咱写就够啦，文学的被窝里腿多，不少我这两根。"鹤坪重新写作是几年以后的事。

这一年，鹤坪唱着"空空的行囊"回到西安。做书商没赚钱，做服装生意赚了一堆烂衣裳。最后，鹤坪还是回到了书房，回到了老朋友的酒桌上，开始了夜以继日的写作。在写作期间，鹤坪为着维持写作，开过一家一间门面的"老碗饺子馆"；鹤坪固执地认为：不论写作还是其他营生，都只是为着解决饭碗。为此，他找西安的名画家高民生给饺子馆里画了半面墙的一个粗瓷老碗。一日，贾平凹到饺子馆照顾生意，提笔在碗沿上写了："民以食为天，今有大老碗。呼妻唤儿来，与我做神仙。"据考，这是迄今为止，出自贾平凹笔下的唯一的广告。

鹤坪不负众友厚望，当年冬天就完成了长篇小说《大窑门》的写作。贾平凹是第一个读者。读完，平凹啥话都没说，写了二指宽的纸条，把《大窑门》推荐给作家出版社。不久，作家出版社就出版了鹤坪的两部长篇小说：《大窑门》和《牛马家事》。评论家李国平说："鹤坪和贾平凹虽不在一个级别上，但这并不妨碍他们的创作在某一方面有相似的地方。贾平凹有一个体会：文学搞到一定境界，技巧退为次要位置，而东西方古今作家在追求人类的大境界方面是一致的。鹤坪的小说讲技巧，但不易被看出来，他的叙述平实，但又有内在张力。另外，他的小说和平凹一样，有向古小说叙述方式复归的一面，他在试探着走出一条把小说归之于小说的路子。"

接着，初尝战果的鹤坪又一头扎进了老西安的"非物质文化遗产"中去，回民坊上的前朝旧事，烂街巷的婚丧婆嫁，老艺门的吹拉弹唱，俚俗的，风情的，历史的，怪诞的，异族的，河南的胡辣汤，四川的担担面，坊上的柿子饼，莫不尽收书中，他似要把老西安的风俗民情一网打尽。这就是他陆续出版的民俗学研究专著《老城坊》《老艺门》《说西安》等。评论家说，自出了鹤坪，西安的文坛有了自己的声音，西安不是深圳、不是珠海，西安城建两千多年，历史人文积淀的精神厚度应该有人出来盘点，陈忠实是民族的，但他扫描的是整个关中；贾平凹是民族的，但他的耕耘志在陕南；而作为都城的、作为市井的西安，到鹤坪这儿算是补上了一个声部！

中国文联副主席、著名作家冯骥才注意到了鹤坪的研究，他说："当代作家也许是农耕文明最后一代的经历者。我辈不去做，后者做不得。就像本书中的老城、老宅、老人物、老手艺；鹤坪不写，谁人能知？因故，鹤坪的文学创作便有了一层记录文化的意义，在这层意义上，这本《老艺门》比起他的那部长篇小说《大窑门》则是十分自觉的。此亦可称作'文化的自觉'。"

冯骥才的肯定和高评更加坚定了鹤坪的信心。2006 年，他与作家傅晓鸣合作在天津百花文艺出版社出版了《中华拴马桩艺术》、《中华炕头狮子艺术》和《中华门蹲石艺术》，他们把思维的触角伸进了"民艺学"的领域，这些妙中更妙、新中更新的民间艺术品类，迥异于庙堂和宫廷艺术，它彰显了生命的昂扬不羁和民间社会的巨大亲和力，民间艺人们把直接来自劳动的灵感熔铸成无数的精思与巧构，把底层的期冀与良善埋藏在拙而简的艺术手法之中，从而体现了"通灵感物"的中国哲学理念。

鹤坪是民族的，他的民族情结缠绕在民间社会的底座上，正是这个底座，支撑了中华民族五千年的延续和矗立，如果每个作家，其笔之根都能伸到这里吸取营养，那么，我们的文学大树必将长青，我们的文化必将永恒于世界民族文化之林。

　　鹤坪又有一副热心肠，给朋友编书，给朋友搬家，只要给他把话说舒服，你要袜子他连鞋都给。鹤坪还是个嫉恶如仇的人，他极其忠于朋友，有人说老贾的杂话，他骑着摩托车把人家追到了死巷子，害得人家扒着墙头求饶；有人说他的朋友老杜的诗不好，他愣是拎着半截砖头砸了人家的饭锅！

　　西安的作家都认识鹤坪，有人说他好，说他不好的人也不会直接说他不好，会说这人复杂！

卖艺西门口

　　西大街拓宽拆迁的那一年，雨多，沿街要拆迁的店铺，都支了帐篷廉价处理商品。我冒雨到西门外去访友，路过花花绿绿的货摊子，经不住"拆迁大出血"叫卖声的诱惑，便加入了"拾便宜"的人流。东西真是便宜，猪八戒戴的和尚帽穿的黑袍子脚上统的软靴子外加一把塑料耙子，原本125元的价钱现在才卖25元。摊主问我便宜不便宜，我点了头，他就动员我买，我说我又不要社火不演戏，他说你试这袍子的面料多软买回去当睡衣穿也合算呀！我说我图了便宜出了洋相就不合算了。他说你这人想得太多成不了大事不买了就闪开。小雨如长发飘拂，我心里痒痒儿的，忍不住又往前边去，记得一个朋友说他的真皮挎包就是在地摊上用20元买的，我也就有了某种幻想。前边的摊子上，一把诸葛亮用的鹅毛扇6元钱，摊主给我扇着凉风，问好不好，我说好是好可家里办公室都有空调电扇买来用不上。摊主说，嗨，你一手背操一手扇着走到钟楼跟前警察都不敢挡，我说警察一般不招惹拿扇子的，可像你说的那样儿招摇过市恐怕街上的人都躲开了，他说那是为啥，我说人以为二杆子过来了。正说着忽听前边有了笛声，就急步赶去，才见是乐器店大甩卖，一把铜轴二胡 110 元，装盒套笛七支才卖 80 元。见我凝目，摊主就把一支笛塞到我手里，我吹了一下说音不太准。他头一歪说，你还知道音不准，看来是个行家了！就又把一支洞箫递到我手上，我说洞箫我喜欢。在所有的民族乐器中，洞箫是我的最爱，我收藏洞箫四十年，家存的，从单节箫到九节箫、从 A 调到 G 调我是全的，我甚至还自制过加键箫，但凡要向重要朋友回赠，洞箫是我的传统礼品。在西安文化界，已故散文家李佩芝、健在的评论家费秉勋、有争议的硕士生导师贾平凹、才大气粗的青年作家方英文，等等，他们家里都有我赠的洞箫。看着这么多长短粗细花色各异的洞箫，我的心动了。摊主说，这是上海的，这是苏州的，这是四川的，原本都是二三十元的，现在一律卖六元，只收个零头。我问有渭南产的吗？我知道渭南出产笛子，一般厂家，能制笛就能制箫，我一直想见识一下陕西本地的洞箫。摊主说，渭南能制箫？你是"花搅"渭南人吧？不想与他争辩，就说你把苏州的都挑出来让我选一支。他一支支地取，我一支支地吹试，温柔的雨中飘出绵软的乐音，我身边聚了不少行人。最后选中一支，音色柔美而准确，但外形犹感不足。我闭一只眼一边从箫的顶端沿轴向瞄着，一边说这支箫的末节有点儿弯。摊主说，行啦行啦你少给五毛钱算啦。见我仍作遗憾状，摊主又说，不说啦五块钱给你，真真是卖柴火棍儿哩。

　　头上淋着雨，我心里很舒服，仿佛新识了一位可人的女友。骑车走到西城门，雨大了，不得不下车到城门洞儿避雨。城门洞儿的泥地上跪着一个少女，十一二岁的样子，面前的一顶破草帽里有一把零钱；少女旁坐一个衣衫褴褛的老者，花白的胡子上粘着鼻涕眼泪，他身边的筐子里装着一些破烂。他向路人诉说：老家河南邓县遭了大水灾，一家人死得只剩下他和小孙女……爬在地上的少女就不断地磕头不断地哭，一些路人就驻了脚围观；有人在草帽里放了零钱又安慰几句，有人甚至脱下外衣披到少女身上；有个中年女人说这是哄人钱哩别相信，许多人就一齐用憎恨的白眼仁看她，中年女人赶忙跑掉；更多的人只是瞥一眼就匆匆而过未现同情之心。这时，正有一个卖粽子的推着三轮车经过，我过去掏两块钱买了四个放到那老者怀里，又帮他拉拉衣襟，我觉得我就是他的儿子了。我很自然地把那只盛着烂衣物的竹筐翻过来，坐上去。我的眼泪怎么也止不住，我轻轻捧起我新买的洞箫，一声声的悲音从我的指间飘出，我吹奏的是一支古曲：《孔子哭颜回》。

　　前边围观的走了，后边路过的又围上来。没人说话。少女随着箫声磕头，老者伴着箫声作揖。一个人轻轻地在草帽里放了五块钱，许多人都跟着放钱，草帽里出现了几张十元的。有人叹息着离去，说好好的一家人成了灾民政府也不管管……

二十天之后，我路过小东门，又碰见这一幕。老者还是那位老者，只不过跪着的是一个半大小子。老者说他是河南内乡人家里遭了火灾……我匆匆走掉了，我不能帮助他，我没拿我的箫。

我也没有揭穿他，我不忍心。

俄罗斯碎片

6 月中旬的莫斯科，牡丹花刚刚开放，比西安整整晚了两个月。在度过漫长的冰雪季节之后，这个城市绽开了她的第一束美丽。

还有，原野和河流在沉静中轻舒芬芳。从莫斯科到圣彼得堡七个小时的行程中，我纵目观览，铁路两旁是广阔的草原和绿地，却没有牛羊和牲畜；还有众多的湖泊和河流，却没有渔船和垂钓者；更有一望无际的森林和僵硬其间的枯木，却没有砍伐和燃烧。这就怪了，寻思这里的居民不食人间烟火？还是 66 年前那场战争造成的无人区至今没有恢复？

不是的。是这个国家十分之一的人口集中居住在首都莫斯科。在莫斯科的美丽形象后边，还有一堆斑驳的很难拼接的碎片。

这个国家十分富有。6 月 11 日是周末，当地时间下午 5 时许，我在莫斯科的一条大街上数汽车。双向车道上，每边各有三排车并行，我只数了出城方向上的一排车。在约一公里的路段上，有 25 位年轻女士驾车去享受莫斯科郊外的晚上。这只是一排车一公里一条街，那么按三排计是多少？以出城 50 公里计是多少？以 80 条出城的大街计又是多少？就是说这个周末，至少有十万女士开私家车出城度假。还有，一个阳光灿烂的日子，在莫斯科河岸的草地上，一溜躺着几百位半裸的日光浴者，导游娜塔莎说这是莫斯科的一景。其实这景致也不过如此而已，因为在我们北戴河或三亚的海滩上，那半裸晒的阵势更为壮观。可是说中间，一块空地上降下了直升飞机，机上下来一对年轻男女，像模像样地在草地上铺了毯子，像模像样地脱衣服戴墨镜，然后躺下，喝饮料，但是只半小时，直升机身子一颤，人家飞走了。娜塔莎气哼哼地说："这哪是来晒太阳，这是来扎势哩！"娜塔莎在北京学汉语的同时也学会了一些方言，在我们路过郊外一片豪华的别墅时，她愤怒地告诉我们："那是黑社会！"

这个国家十分贫穷。在莫斯科街头，灿亮炽热的正午，一位老婆婆在街角摆着两张报纸大的菜摊，上面有几把晒蔫了的野蒜苗，汗水在她的脸上流淌。这种野菜在我们商洛老家叫小蒜，春末夏初的田间地头随处可见。我来到她身边，产生了想买下那几把野蒜苗的欲望。但我被同伴拖走了，说我患了国际主义神经病。正争议着，迎面过来两位气宇轩昂的老军人，满胸膛的勋章在泛白的旧军装上叮当作响，明显感觉到一种愠恨的情绪在脸上涌动着，也可能缘于卖野蒜苗老妪的社会现实，也可能缘于某种难言之隐。娜塔莎告诉我，这样的二战老兵多啦，他们每月不足千元的退休金很难维持起码的生活。她说的是美元，合人民币六千多，在中国也不算少啊！可是要把物价掺进去计算，那就惨啦！这里一盒火柴合人民币9元、如厕一次6元，你说这些功勋们怎么生活？我还见到不少拾破烂的，他们和中国拾破烂者有同样的行头，左手提一只蛇皮袋，头上戴一只旧草帽，捡拾起易拉罐时左右望望，然后很小心地竖放在石头或硬处，用脚用力踩扁，装入袋子，拎着或背着，把目光投向地面去别处转悠。

　　我无法用一种色调来描摹这个曾经的超级大国。但这个伟大的俄罗斯却用卑微的笑脸迎接了我。中国游客乘坐的大巴在红场前边刚一停下，就有许多俄国人跑过来，用卑微的笑容招揽生意，其中一位高大男子双脚立正，举起手中的长号，猛吹中国国歌，在异国他乡，《义勇军进行曲》的旋律特别令人感动，我眼圈湿润了，不由自主地掏出一张大面额的人民币递上去。他一边奋力吹着，一边深深地鞠躬。可是，在堪称世界之最的深达173米的莫斯科地铁站，一位俄罗斯老人向我竖起大拇指并深深点头，他这个做法不含人民币的目的。他询问导游我们是不是日本人，当导游告诉他这些是中国人时，他立即起身、点头、竖大拇指！

　　中国人终于被人看得起了。尽管在莫斯科取行李时，我们团里有四个人的旅行箱被撬了，我们前边有个出版代表团在俄罗斯的列车上一人被偷了六千元一人被偷了三千元，这些难以拼接的碎片给我留下了不快，但我还是带着愉快的心情向读大学的儿子讲述了我自豪的旅程。出人意料的是，儿子给他的同学介绍我时高声说："我爸从俄罗斯回来像上了一回党校，如果现在有人介绍他加入共产党，他可能不会像以前那样婉言谢绝。"

　　同学说："咱们当儿子的不可以调侃父亲。"

　　儿子说："父亲现在讲的爱国主义明显带着他的体温。"

辑四

丝路新咏

西部的咏叹

说是有连绵的群山，可森林远离人们的视线；说是有纵横的河流，可喝水是一个艰难的话题；说是有丰富的宝藏，可伴着宝藏而眠的人们衣衫褴褛；说是中华文明的发祥地，可这块发祥地上躺着目不识丁的人们……当然，这里出产忠厚，也盛行老诚，这里人不说狂话，不冒险事，祖祖辈辈用老牛犁地，代代相传用木梭织布，家家户户都在祖宗和神灵的护佑下讨生活，满庭兰桂是春光，继世衣冠皆祖德；他们不叛逆不奢望顽强守土死不悔改，起点是土炕终点是土炕爷也是土炕婆也是土炕牛牛娃离了土炕就不会叫娘！

唉！这就是我国的西部，地球上东经一百零五度以西的广袤区域，中国共生着文明与荒蛮的半壁河山！

天是那么蓝，污染是一个陌生的词汇；鸡蛋那么便宜，通货膨胀是十分遥远的事情；妇女那么纯真，爱情像雨露中的花儿一样鲜艳！于是，高鼻子的朋友，蓝眼睛的客人，黑皮肤的先生，金丝发的女士，他们来了，带着热情，带着资本，带着现代文明的构思和观念，带着开发的蓝图和玫瑰色的憧憬，带着抽象或具体的冒险与浪漫情怀；冬天里，三三两两，春天里，成群结队；观光不是终极目的，享受也非全部动机，他们唯一的想法是要创造：要在这荒山上采撷，要在这沙原上栽培，要在盐窝里抽水，要在青石板上熬油！不能不承认人家的科技手段，不能不承认人家的雄强胆略；要得会，跟着睡，我们学会了吗？我们和洋专家踏勘，共住一座帐篷；我们陪洋教授考察，同饮一壶淡水；可我们独资行事，怎么就疙瘩挽疙瘩诸事不顺呢？

在我们的意识深处，是否存在着农耕时代的作业方式？是否残余着游牧时期的原始思维？有一个涝池失去了蓄涝功能，原因是池底积淀了太厚的泥沙和污物；有一个人的腿脚日渐变细以致不能行走，原因是他终日不动或动而不行；有一个人家境殷实富甲天下最后却沿门乞讨冻死街头，原因是他不事创造坐吃山空……我西部的父兄哟，父兄的爷们，涝池、细腿、乞丐，是否也描摹着你们的形象？是否也抽象着你们命运的意义和内涵？

那时候，广阔的西部森林茂密、河清水净；那时候，浩瀚的西部风调雨顺、万物欣荣；可是，我们的先人，先人的子孙，只顾砍伐只顾烧荒只顾猎杀只顾淘金只顾自己，留给后代，留给苦命的我们，除了一架瘦骨几瓢黄汤还有什么？

性格上又是穷争气，过不下去就走吧，他又死守着，穷抠苦挖；向人借呀贷呀，他摇头，只会口里省身上掐；请人来教些办法呀，他不信，只守着爷传下来的老把式；把些值钱的东西变现呀，他才不五马倒六羊，啥是啥用场五百年不变！叫他做些小买卖，叫他出去见世面，叫他多认两个字，叫他把后脖子洗干净，他认为这是杀他这是掐他这是污辱他！

爷们还是爷们，他依旧喜欢打老婆依旧喜欢热炕头依旧只会掘地抠着脚丫子吼山歌……

于是，有一种中药叫柿蒂的，他把它串起来挂在茅厕的墙上，大前年曾经卖过两块钱一斤哩！前年，跌到一块钱一斤他不卖；去年，降到五毛钱一斤他还不卖；今年，雨水多，放腐朽了，没人要了，他把它扔到茅坑里沤粪去了，却教育儿子说：这叫节俭，农家没有无用的东西呢！

石头缝里种苞谷，种一颗籽结两颗籽他都认为是净获是收成是天底下最正经的事业！价值规律在他看来是歪门邪道。

还有呢，他盖房子的逻辑 —— 绝对真理加绝对真理等于谬误。可人们，祖祖辈辈这样实践着，年年月月这样操作着，汗水淌干了，筋骨累瘦了，茅草棚子快塌了，一场指望落空了。

说是从爷手里就开始造房子，伐了五棵老椿，栽了七行白杨；到爹手里，又攒了六十根松椽三根明柱；到兄手里，五十年过去了，木料也攒够了，一家三代高高兴兴造新房了，他们砍了白杨，又抬出老椿、松椽和明柱。

可是，爷爷、父亲，他们积攒的材料全被蛀成了空洞！不该埋怨是储藏的不善吧！不该指责是岁月拖得太久吧！观念如一条链环，套住了谁谁就成了链环上的一环，他们的子弟反叛得了么？

当然也有智叟，这是一种被充分否定过的形象，是作为那个自称愚蠢的老头子的对立面，多少年来，他都承担着被批判的角色。可是，在今天，我们面对西部的诸多反思，智叟的忠告难道不是最有价值的吗？几十公里长的秦岭隧道如果拒绝掘洞机只靠"子子孙孙"镐挖手刨，西康铁路不是化成镜花水月了吗？

我们不能批评愚公没有引进外资，但我们可以批评他为什么不引进外族劳务；我们不能指责愚公为一家修路成本太高，但我们可以给他出主意说：修路其实不如搬家！

或者说这是倡扬一种精神，但执着于小失之于大的精神难道不该辨析不该解构不该在时代的阳光下晾晒晾晒吗？

我当然知道，西部，是一个集合概念，它不仅指说陕、甘、川这些传统的农耕区域，更指含青、藏、云、贵及地理上"三山二盆"的新疆和周边的蒙回哈维地带。在这里，游牧仍然是主要的生活方式，经济观念似乎更接近市场，婚姻行为相对自由，精神的维系主要依靠宗教，心灵的呈示更为原始坦白，但应该散布的是科学与文化而不是其他；这片广阔土地的价值也不仅仅是茅草和鹅卵石，所谓西部开发，不仅是地上的风力和阳光，不仅是地下的矿产和热能，不仅是水力不仅是景观不仅是基因；更重要的是人，人的智能，人的精神，文化、风情、历史——人文景观的抽象与提炼，这才是用之不尽采之不竭的资源，任何实业的开发都不可将其替代不可与之等同。相较而言，西部的西部，与西部的东部或东部的西部，更少开放的观念障碍和精神隔阻，而农耕的一成不变和游牧的心灵自由只是外在的差异，本质的不同在于文化的发散状态和宗教的光辉照耀。

黄河、长江，两条巨硕的乳管，源源地把浓香的营养浆汁输送到东部，输送到人杰地灵的富庶地区，或许，东部的暴发正缘于西部的沉静，西部的尴尬正反映着东部的紫红。如今，东部的乳浆反哺西部，外邦的资力灌注西部，一艘经济航母隆隆启动，西部文化的复壮还会远吗？

上巳节说古

　　上巳节是中国汉族的传统节日，形成于春秋末期，日期在农历三月上旬的巳日，魏晋以后固定在夏历三月初三。上巳节传到日本之后，就变成了女儿节，日本人现在还在过这个节日。同时，三月三又是西王母的生日，所以道教认为农历三月三是西王母开蟠桃会的日子，在民间有敬孝老人长寿之意。上巳节在古代有三种民俗活动：临水浮卵、水上浮枣和曲水流觞。在这三种活动中，临水浮卵是将煮熟的鸡蛋或大枣投放在流水中，任其漂浮，谁拾到谁食之，是乞子也是乞福。曲水流觞与其相伴生的临水饮宴，成为文人雅士的集体诗歌唱和，其意义有和谐人际、珍爱自然、敬天法地等。上巳节的群体活动还有：到水边举行祭祀仪式并洗浴，以祛除去年的污渍与秽气；再是在水边招唤亲人亡魂；三是春嬉，青年男女到野外踏青游戏。

　　现在的"曲水流觞"，随上巳节名盛千年，是因为东晋大书法家王羲之在永和九年（353）三月初三，与四十余名士宴集于浙江绍兴兰亭，作流觞曲水之吟咏，后编成由王羲之作序的《兰亭集》，成为我国书法艺术史上的瑰宝。王羲之在序中说当时的情景是：清流激湍，映带左右，流觞曲水，畅叙幽情等等。据记载，这样的"雅事"一直延续到 20 世纪 40 年代。

现在，改革开放三十年了，中国社会物质空前丰富，这是改革开放的直接收获。就像农人收获麦子时也收获麦草一样，伴随着经济膨胀、物欲横行，全民族道德下滑，我们收获的精神成果苦涩而布满虫洞。我们的经济腾飞是以失去自然环境为代价、以失去民族文化为代价，而成为经济上的巨人、精神上的侏儒。这是中国社会经历了自西汉董仲舒质变原儒为"三纲"、20 世纪初"五四运动"及记忆犹新的"文化大革命"以来，第四次、也是最为彻底的挖根抛祖的心灵剧痛！我们这个以中华文化为彰显的民族到了最危险的时候！

在这文化危亡的历史关头，中国社会全盘西化的速度空前加快。从生活方式到传统节日，去中国化几成风尚。与此同时，五花八门的洋节逐年火爆，圣诞节、情人节、愚人节，等等，我们的下一代已经晕头转向，搞不清自己的祖脉何在。适此之时，美国学者大卫·格里芬在《后现代科学》一书的英文版序言中说："我们必须抛弃现代化，否则地球上的大多数生命都将被毁灭。"作为这一论点的注释，是 2006 年 3 月在巴西库里蒂巴市召开的联合国《生物多样性公约》第八次缔约国大会，公约执行秘书朱格拉夫发表报告说：目前地球正处在第六次生物大灭绝的危急关头，其规模与史前五次大灭绝相当，同时，人类也可能位列此次灭绝之中。他说，造成地球第六次生物大灭绝的罪魁祸首就是人类自身。可是，在这条灭绝之路上，中国正奋力追赶西方。一些带有汉奸色彩的学人继胡适的中国"六个不如人"和鲁迅弃绝中华文化的"六个踏倒"之后，鼓噪西方文化的种种"优胜"！其实，要解决中国物质与精神发展的不平衡，"体制"不是万能的，"科学与民主"只是绝路加谎言，而"全球化"对民族国家而言无异于文化陷阱！

那么，要使中国物质与精神同步发展，唯有中华文化中的"道德"及相配套的"道器并重"！全民崇尚道德，就会有汉唐盛世，帝王崇尚道德，就会出现贞观之治；三代先王推崇"道器并重"，就有了《周易》里记载的十项发明创造。然而，"五四"先贤们把中国的"百年积弱积贫"全栽赃于中华文化，并由此而连续五代人西化洗脑，造成了一代一代黑头发黄皮肤的西方人，更有鼓噪于世的伪学者，有学术无文化，有文化无立场，由此而一代一代地误导我们的子弟！在此，我呼吁：立即对全民族进行中华文化补课，而补课先从教授做起！

那么今天，这个断了七十多年的"曲水流觞"由我们这群人实践起来。这是一次集体文化活动而不是群体娱乐，这是一次天地人的认真对话而不是游戏作秀。当此之日，阴阳消长，万物更生，我们临水而席地、曲水而流觞，感悟三阳①开泰，感应三才②和谐，感恩风和日丽，感念悲悯孝义，我们内修温文外施良善，我们寻根问祖上承炎黄，我们应该坚持下去，我们能够坚持下去！因为，我们的晚辈开始觉醒，自 2006 年起，全国各省的有识之士就自发地将热情投向上巳节，上海师范大学女子学院开展了追忆"女儿节"活动，并决定每年的农历三月三为该学院的常规纪念日。在此，我们遥祝、我们带领，远方的儿女、身边的子弟，勿忘我们中华文化，勿忘我们是中国人，是为上巳感言。

注释：
　　① 三阳：冬至一阳生，腊月二阳生，立春三阳生，合称三阳。
　　② 三才：天地人的合称。

书院与独立思想

　　近年来，中国书院呈复兴之势。自江西的白鹿洞书院恢复有关活动之后，湖南的岳麓书院挂靠了湖南大学，据说承担了研究生的培养任务。接着，有山东作家张炜在其家乡龙口创办了万松浦书院，海南作家韩少功在其曾经下乡的汨罗江上游建了座八景洞别墅，也是书院性质的。前几年，贾平凹在秦岭山的红河谷办了个太白书院，最近又有陈忠实担任院长的白鹿书院在西安与蓝田交界的白鹿原上落成。目前，最具规模的书院当属张炜的万松浦书院，她延续了中国传统书院的精神与操守，又吸取了现代学术机构的管理模式，有学者，有学生，有院刊，有网站，有自己的编辑部和出版物，更有独立的院产；作家张炜长期驻院研究和写作，不时对中国文化的历史和现状发出自己的声音。著名作家兼学人韩少功幽居的八景洞，虽是一座别墅，但也是最具私人性质的书院，他有着陶渊明式的隐逸情怀，继承了"耕读传家"的中国家政模式，一边自己养鸡种菜躬耕陇亩，一边又扎扎实实地从事着自己的写作和研究，定期和弟子们研讨学术。韩少功原来用较多的精力从事外国文学研究，据说近年来他的案头也摆满了中国古典，相信他不久就会有成果问世。

那么，为什么现在的作家和文化学者都热衷于办书院呢？我想这与新时期的文化尴尬有关。文化学者是社会良知和未来精神的筑基者，面对时下的商品经济及其带来的文化混乱和精神下沉，文化学人从知识良知和学术人格出发，他们或者写出文学形象以表现当今人们精神之迷茫和混乱的状态，或者从理论上探讨重建文化秩序的可能和途径；而这种种对文化新秩序的思考质量是以独立思想为前提的，而独立思想的成果最适于在民间书院这种环境里产生。

为了改变中国百年积弱的状况，中国知识分子从"五四"开始就在清算自己的文化，就在引进西方的"德"先生和"赛"先生。但过激的情绪遮蔽了理性，多少年后，还得他们的后辈学人补这个洞，他们曾提出取消汉字、灭掉中医、打倒孔家店，鲁迅还说过那么多对中医不恭的话，这些曾被"五四"前辈踩在脚下的中国文化珍珠，经过几代学人的努力，在今天都恢复到了历史的正位上，也没有谁再对先生们说三道四。但新时期改革开放以来，我们似乎更具体地反传统、灭传统，更具体地清算自己的文化，直至中国社会越来越西化，"五四"那时候是喊声大，现在却是一步一个脚印地实行。我们承认，二十多年来，科学和民主是更多地引进了，但西方的价值观念也同时在蚕食着我们的灵魂，甚至在某些领域，中国文化成了被讥笑的对象，这首先从我们的时代青年身上可以看出来，比如现在的大学生，他们说的什么话、唱的什么歌、过的什么节、穿的什么衣、谈的什么恋爱，等等，从行为模式到思想方法几乎全是西方的或者殖民地文化的那一套。这种全盘西化由校园衍及全社会，有许多甚至成了时尚。尽管执政当局一再讲我们是经济上搞改革开放，文化上是弘扬优秀的民族传统，但事实上，文化的西化已经浸入了社会的角角落落。

近百年来，中西文化之争一直在吵闹着。吵闹的结果使公正的人们看到，中西文化其实各有优劣。在民族的发展进程中，有时候西方文化兴起，有时候中国传统占据上风，此起彼伏，所谓的中西结合似乎很难真正做到。但在中西文化的两极振荡中，人们看到一个时隐时现的现象，那就是每当民族渴望解决生活温饱问题、希望经济快速发展时，则西方文化兴，因为西方文化更多的是物质性的文化，市场经济、商品社会、个人中心主义、资本主义、人本主义、资源的开发与掠夺等等；但在温饱解决之后，人们需要滋养精神层面的问题，中国传统文化似乎有更多的资源力可以发掘。这就是 20 世纪下半叶以来，为什么一批西方学者竭力倡导"新东方主义"，而中国却一味向西方开放和看齐的原因（特别 20 世纪最后这 20 年）。其所以在世界范围出现了中西文化逆向选择的现象，主要是要看这个民族处在哪个发展阶段上，因为人的需求有物质和精神两个层面，两个层面的需求决定着人们对中西文化的两种价值取向。

在我看来，中国传统文化的腐朽部分，主要存在于官僚体系中，中国传统文化的优秀成分，则更多地深存于民间；而西方文化的劣质部分，在于无止境的物质欲望，欲望的无限必然导致掠夺，进而导致战争；尽管人家还有原罪呀忏悔呀慈善呀等等作为精神润滑，但传到中国的似乎并不是这些。

中国传统文化库里，有安置人文精神最丰富的资源，比如"知足者常乐"就是越过物质层面而直达精神境界的哲言。所以当今西方文化在中国势头正劲的时候，一批文化学人率先看到国人温饱之后面临的精神危机，于是乎，真正的思想者、精神燃灯者，及他们赖以存在的机构形式就出现了——这就是现代书院，现代书院延续着传统书院的精神和操守。

按说，国家和各省都有社会科学院，又有官办的民办的那么多大学，难道这里边的学人就不能担当上述责任？回答是肯定的。因为经济改革开放以来，主流意识形态有太多的需要解决的社会科学问题、商品经济问题、市场化问题、入世问题、全球一体化问题以及与之相适应的体制改革问题等等，很费人力和思想，这种朝市场化改革的体制特性也似乎不便于使思想者顾及未来的精神领域。事实上，中国目前在经济上取得的成就，社科领域的这批官方学人功不可没。

所以在探索和思考未来的精神建设和文化选择时，民间的书院式研究和教学形态就必然会出现，这是中国知识分子学术人格的高贵之所在。忧国之后必然忧民，忧国之初就心怀忧民。这批思想者和其赖以存在的形式是体制外的，但又不是体制禁绝的，这也是现行体制的开明之处，它为民族精神的重建、民族文化的延续和复兴，预留了可以想象的空间。

现在到处都讲地球村、讲国际化、讲互联网、讲乡村城市化，但城市生活是标准化生活，衣食住行、水电煤气、坐车走路等等，都必须按照严格的标准规定行事，同时，人们又无时无刻不处在垃圾信息的包围之中，这种生活模式，对持有独立精神的自由思想者而言，显然是一种束缚，这也是传统书院和现代书院都选择在山林河海之滨、平民自然之中的原因之一。贴近自然，远离权力中心，深入最底层的平民百姓之中，吸收道法自然和土地农耕的原始智慧，才可能产生出最切合人文本质和精神涵养的新思想，那种生活在广厦空调电器舒适之中的人文学者，也可以产生思想、甚至独特的思想，但这种思想与最底层百姓的精神生活有多少可用的联系，我以为很有质疑的必要。

根芽必须从土里生长，有价值的思想必然萌芽于人类生活的"干细胞"。所以书院式的学术环境和教学形式，其精神成果必将成为未来主流意识形态的思想资源库。所以，作为新一代文化学人，案头拥有百卷古籍，心里装着黎民百姓，种一片土地，听一曲古琴，这种看似陈旧的生活方式，其实最能滋润自己的精神，而且，更易于产生独立之思。

西安城墙与数据时空

　　1926 年春节刚过，西安大街上花花绿绿的鞭炮纸屑尚未扫除，就从东郊传来轰隆隆的大炮声，腊月间盛传的"镇嵩军"要来西安过年的流言终于得到证实，虽然入侵者是在距西安三百里外的商县和"二华"（华阴、华县）过的年。镇嵩军首领刘镇华，在北洋军阀吴佩孚的支持下，率豫西十三县约 12 万人马兵分两路直取西安，兵临城下却发现西安城墙坚不可摧。当时，城内督办李虎臣和国民军二师师长杨虎城的守城兵力不足 3 万人。面对西安城墙，敌军久攻不下，就重兵合围，又放火烧毁城外已成熟的小麦 40 多万亩，妄图饿死城内 40 万居民。当此危急之时，守城军民一边以城墙为屏障顽强抵抗，一边向广州国民政府求援。终于，在坚持守城八个月、饿死两万多人之后，受广州国民政府编制的冯玉祥部会同于右任由陕北驰援，在西安城外恶战四役，终使镇嵩军逃出潼关，西安解围，这就是西安城防史上著名的"二虎守长安"。此役西安永宁门（南门）箭楼被轰毁，至 2014 年才得以修复。

　　西安的城墙体系从隋唐至今已有 1400 余年历史，包括护城河、吊桥、闸楼、箭楼、城楼、角楼、敌楼、女儿墙、垛口、马道、溜水槽等一系列设施，构成严密的军事防御体系。现城墙是明太祖朱元璋洪武三年（1370）在隋唐皇城遗存的基础上，历经八年扩建而成，是中国现存规模最大而又保存最完整的古代城池建筑，为国家级重点文物保护单位。城墙高12米，底宽18米，顶宽15米，可供六辆马车并行。包砖靠基石处厚两米，顶部厚1米。城墙砖中的明砖长38厘米、宽18厘米、厚5厘米；清砖长45厘米、宽23厘米、厚10厘米。清代砖砌于城表，明代砖包在里层。城墙合围城市成矩形，全长13.74公里，每隔120米有一座敌台，是12米乘20米的向外突出部，由此可向攻城敌人形成60米射程的交叉火力，绕城共98座敌台；每座敌台上建有屯兵敌楼1座。城墙四角各建角楼1座，以储藏军用物资。东、西、南、北城墙正中各建有城门1座，门内的护门瓮城为守城兵营，瓮城上两边有城楼、箭楼各1座。瓮城外护城河内侧，建有控制吊桥的闸楼。城墙顶面以三层大砖墁砌，称"海墁"。海墁外沿建有1.8米高的"品"字形垛墙，全城共有垛口5984个，垛墙中有悬眼供瞭望和射击之用；内沿建70厘米高"女儿墙"，城墙里面建有100米长、6米宽的登城马道十处，可由三辆马车并行向城上运送军需，城墙内每隔 60 米建有供排水用的"溜水槽"一处；城墙外的护城河 45 米宽、10 米深，绕城一周 14.6 公里，是西安城的第一道屏障，它的作用一是阻滞敌人攻城，二是蓄水排洪并改善城市小气候……

西安古城经过了文景之治的清明和开元盛世的辉煌，经过了血与火的洗礼和漫长的苦难隧道，时光终于流到 21 世纪——中华民族又一轮的繁华盛世来到了！可是，西安的发展却不尽如人意，经济相对滞后，人才"孔雀东南飞"，于是，西安文化界出现一种议论，说是城墙封闭了思维，开放之风被屏蔽在古城之外，由此而导致不少政经人士向城墙吐唾沫。也几乎同时，另一种声音发出诘问：把城墙拆了西安就开放了？人才就回来了？经济就发展了？这一问使那些振振有词的理论显出了小儿科的原形。人们终于明白，经济的责任应该在负责经济的行政官员身上，向古人讨今人的过失只能遮蔽当事者的执政缺点。于是，有识之士们在西安的"古"字上寻求古城的发展商机。人们首先将目光投注于城墙、城河。这里有城墙的复原、城楼的修复、环城内外道路的打通等等，从而形成了古城的第一个品牌，这就是每年一度的"西安城墙国际马拉松比赛"。初尝成果的西安人，又进行了护城河整治并由此而建成西安城的绿色项链——环城公园、环城西苑及书院门古玩街、德福巷酒吧街、西大街古建一条街，等等。近年，在民族文化复兴的声浪里，又出现了古城建设史上的大手笔：被誉为西安人会客厅的大雁塔北广场的建成使用和投资十多亿的大唐芙蓉园，这里集中了为数众多的中国之最和世界之最……于是，西安城形成了东有兵马俑、西有法门寺、北有黄帝陵、南有秦岭自然景观的立体而完整的人文和自然景点族群，作为旅游城市的古城西安从此有了新形象，美国总统克林顿进入中国要从西安入港，正是由于中华上游文化的魅力吸引而非其他。

人别于人，在于其性格；城市的独立之姿在于它独特的文化，在一度盛行的城建全盘西化风中，西安人犹豫过、踟蹰过，也曾经试探着走出跟风的一步，比如北大街的扩建、南大街的改造，西式高楼大厦傲慢地唱着主旋律，可是事情只过了十多年，人们很快明白，这些城建败笔多么严重地异化了西安城的文化性格和历史身份！整条街的西方现代城建翻版，差一点儿埋葬了五千年文明的精神遗产，中华文化的经济效益几乎与西安人擦肩而过，虽说西安人"醒来早起床晚"，但好在还是起来了，也清醒了；西安城这块中华上游文化的荟萃之地以她形态和神韵的不可复制性独卓于世界，这使她成为访华的外国元首在北京的公务之后参访的首选之城，如果把负载着中华文明和西安历史的各类古建打扫净尽，"现代"是"现代"了，对接是对接了，可国内外的游人谁还有兴趣来这里？特别是见惯了高楼大厦的那些西方元首们，他们有必要再来西安看你仿制的"现代建筑"吗？

有人说：要看中国一百年到上海，要看中国五百年到北京，要看中国一千年到西安，这是公正的归纳。因为，西安有太多的文化源头需要探访，比如中国第一部诗歌总集《诗经》的产生，比如佛教八宗有六宗祖庭在西安，比如汉字汉族汉文化中的"汉"字内涵等等；西安又有太多的文化高峰需要瞻仰，比如中医药、比如书法绘画、比如唐诗……

古城西安啊，千万别"现代"了，别高仰西风、唯"对接"是从了，空间站对接成功是人类的福音，文化上向别人趋同和"对接"那叫叛祖离宗！而这个"叛"字，总是和耻辱连在一起的……

西安文化漫议

　　文化的精神实质和价值意义是什么？通过什么形式来体现？西安文化的商业意义、旅游价值已有人做得比较好了，但文化自身的精神质体和永恒意义在哪里？

　　西安地区历史上积累和延续下来的文化，在中华文化大河中，是处于上游地带甚至是源头上的。在文化源头上，中西文化是显明不同的。中华的人文初祖，他们是"构木为巢、钻木取火"，房子是自己伐木建造，火种亲手取自钻木；西方是上帝给造了座伊甸园供人居住，火种是普罗米修斯从天神那里偷来；中华先贤认识自然是以天为道、观日测影、大禹治水，没有什么诺亚方舟救助你。中华文化的四大支撑，释道儒兵，以西安来说，释家八大宗派中六家的祖庭分布在西安周边地区，道家圣地楼观台及产生于此的《道德经》在世界思想史上的价值不言而喻；儒家这一块，虽说孔子西行不到秦，但董仲舒通过汉武帝将儒家思想奉为国家的核心价值观，影响中国两千多年，后世的张载学派也是直接从原儒的根脉上生长出来的。对这一切的研究和转化，在西安都有人在做，尽管是实用主义的，甚至是皮毛的，但毕竟在做。这方面的故事很多，当年袁市长在曲江宾馆主持召开"唐代城市建设研讨会"，有四个副市长出席，以这个会议为象征，西安文化和城建开始了寻根之旅：南北大街的改造、西大街的重建、大雁塔南北广场的定位、新修道路的命名、住宅小区的称谓、街头小品的意义，等等。也包括西华门十字"凯爱大厦"的笑话，当时我接待了来自上海的几位文化界朋友，他们很想感受一下西安的唐文化气息，但在刚改造完成的还算靓丽的西华门十字，我指着西北角的大厦说，这是我们西安的新地标，朋友说这种西式建筑在上海和南方城市举目皆是，它与西安的文化底蕴没有多少关系吧？我一时尴尬，又马上自嘲说：诸位不知，有典故呢，当年我们秦始皇出征六国的时候，对他的爱妃说：等我凯旋再相爱，所以我们造个大厦叫"凯爱"。朋友在笑声中轻松了，可我心下十分悲凉。后来我把这事写成文章发表在外地一家晚报上，曾经引起过议论。现在，大厦上"凯爱大厦"四个字不知何因被铲掉了，但这种千城一面千街一面的教训仍在启示着人们。想起1924年，鲁迅来西安讲学，他有一个重要的目的就是为他写杨贵妃的长篇小说找感觉，但到西安一看，失望至极，连天空都不是那么回事，鲁迅因此而放弃了这项写作计划。

　　中华文化源头上，有许多符号和图形长久地体现着先贤们的思想，如从八卦到六十四卦、太极图、河图洛书、龙凤图案，等等。这些符号和图形昭示的意义对世界产生了重要影响，有的用作国旗上的图案，有的外国科学家用它做族徽，美国发射的探测地外文明的飞船上不仅有中国的古琴曲《流水》，还有个源出"河图洛书"的"四阶幻方图"，等等。这些符号和图形的意义至今还不断有人解读。陕师大退休的蒋均平先生告诉我，汉阳陵那儿测日影的圆周 300 多米，我问他那杆子该有多高啊，他跟我说他的证据。中华文化的实践观指导着我们的先贤在天文历法的研究上积累了大量的成果，人们要解决生产生活问题，第一个注意的是天人关系，这产生了天文历法。可以说，天文学是中华第一学，历法是中华第一法。其基础是观日测影，杆影在一年中的最长点和最短点便是冬至和夏至两个节令，由此而测出二十四节气，这就解决了农业生产中何时播种何时收获、家畜饲养上何时发情配种的问题；古人观天，北斗星斗柄指南必定是夏天，月圆东方肯定是月中十五；观日测影的同时发现了几何、数学的基本原理，如杆、影和连线构成的直角三角形，勾三股四弦五，A 方加 B 方等于 C 方，这就是商高定理，为商代的商高发现，记载在西汉的《周髀算经》里，500 年后，希腊数学家毕达哥拉斯也发现了这个定理。观日测影的同时，还发现了圆的基本定理，这就是圆三径一，现代数学叫"派"，3.14159265 等等。女娲补天，其实是修补历法，因为一年有 365.25 天，就是这个 0.25，四年才能凑成一整天，这就是公历上"闰"的概念；中国农历上"闰"的概念是根据"月亏"而定，每隔二到四年，增加一个月，这就是"闰月"。为了解决这个"闰"，历朝历代都要修改历法，甚至新皇帝执政之初把修历作为头等大事来办。这几年，西安建造了许多的大小公园，却没有一家对我们文化源头上这个有趣的天文历法现象有一个生动形象的展示，我希望在即将修建的汉城或未央宫遗址公园里，给这方面能留下一席之地。中国古人观察天气是与天文星相连在一起研究的，诸葛亮不观察天象，他凭什么祭东风？中国先贤考察天人关系，得出的是执政理念和责任，皇帝叫天子，农民起义叫替天行道，天道衍化成了人格模式和道德概念。孔夫子说，大道之行，天下为公。他以天为做人准则，在《礼记》中他说：天无私覆，地无私载，日月无私照。这就是大公，是皇帝即天之子的最大责任。这个责任完成得好，就会有文景之治，有贞观之治，有开元盛世，有康乾盛世；天子丢掉这个责任，就会出现动乱、分裂、衰败，就会出现百年积弱积贫。当代执政理念中，为人民服务，群众路线，大公无私，公仆，以人为本，等等；追到源头，无出"天道"这个"大公"的基本概念。

中华文化还有一些具体的载体，王选王永明承救汉字的故事就不说了，中医、音律等方面，萃取和弘扬的空间十分广阔。从《黄帝内经》到孙思邈《千金翼方》，西安有能力建成世界最大最纯正的中医医院或国医堂，诊病用望闻问切，甚至可以尝试延续 1929 年汪精卫搞的中西医擂台赛，互相示长和求缺。音律上，蓝田水陆庵雕塑中那上百种乐器，应该有乐团来恢复它、演奏它。萃取西安文化价值，也是为中华文化的发扬开创新路，也是恢复民族自信心的具体实践。

关于中国文化精神

　　一个民族在解决了基本的物质需求之后，精神生活的问题就必然地提上议事日程。一个人或一个民族的生活质量，重要的一点是看其精神质量如何，而精神生活直接关联着文化的品位与传承。所以，文化的传播与传承，最终目的是着眼于精神的建设与健康，而不是其他。

　　文化之所以形成市场是因为人民有精神需求。用文化价值培育市场，用市场传播精神，这是所有文化工作者必须要弄明白的。中国传统上把舞台戏剧称作"高台教化"，而"教化"正是作用于人的精神建设的。娱乐是形式，教化是目的，寓教于乐，潜移默化，说的是文化的娱乐性和"教化"的关系。

　　所谓的"核心价值"观，是民族立身的根本。在这个问题上，不可以多元化，不可以你说东我说西，"核心价值"关乎民族形象、精神状态，这是一个基本的价值观，作为中华民族，这个只能强化不能削弱。

　　中华传统文化在世界文化史上占有极重要的地位。这点我们要有民族自豪感，决不能妄自菲薄。1988 年 1 月，在巴黎，在由 75 位诺贝尔奖获得者共同参与的"面向 21 世纪"研讨会的新闻发布会上，瑞典 1970 年诺贝尔物理学奖得主汉内斯·阿尔文宣布了他在物理人文方面最新的研究结论，他说："人类要生存下去，就必须回到 25 个世纪之前，去汲取孔子的智慧！"（《堪培拉时报》，1988-01-24）用孔子的智慧解决当今时代人类的精神危机，这是西方大科学家的结论，现在，我们不少人喜欢崇尚西方，那么西方精英的这个观点很值得我们深思。

美国汉学家顾立雅说："众所周知，哲学的启蒙运动开始时，孔子已经成为欧洲的名人。一大批哲学家包括莱布尼兹、沃尔夫、伏尔泰，以及一些政治家和文人，都用孔子的名字和思想来推动他们的主张，而在此进程中他们本人亦受到了教育和影响。在欧洲，在以法国大革命为背景的民主理想的发展中，孔子哲学起了相当重要的作用。通过法国思想，它又间接地影响了美国民主的发展。"（《孔子与中国之道》，1945 年版）可以说，在人类的文明史中，中华文化一直起着推动和骨干的作用，这不仅说明中华文化的世界性意义，更说明她对于中国发展的脊柱性价值。现在，重新确认中华文化在中国人精神建设中的核心地位，到了极为迫切的时候了。近30年来，中国为什么成了现在这个样子？经济巨人，精神侏儒，一个民族若害了软骨病，不管他的身体多么肥胖，都不是健康的肌体，任何一个小矮子都可以打你、欺负你。

无论从事经济建设或文化建设的领导者，急需去做的是坚定地站稳自己的文化立场，神圣地履行作为炎黄子孙的文化职责。同时，努力地把我们的文化传扬出去。一个没有文化输出的民族是没有力量的民族。比如我们陕西的文化产品，不管是皮影老腔还是年画泥塑，主动往外走，输出一种精神，实现它世界性的社会价值，这才是最根本的。

西安的城市建设，在发扬历史文化方面已经开了很好的头。现在，我们应该在建设中更加强化文化元素的展示，更大胆地展示中华上游文化，如周秦汉唐那些文化源头的团块性成果。西安就是周代的丰镐、汉朝的长安、唐朝的长安，我们不能把西安城建设成现在的深圳或香港那个式样，我们不能叫旅游者产生文化失望。我建议政府加大加快唐皇城复兴计划，而且在形式复兴的同时，要充分而缜密地注入大唐文化元素，这是西安文化上台阶的大事，对民族文化复兴有示范意义。

有学者建议在西安市民中推广"汉服"，我赞成这个意见。如果有权威部门制出了标准汉服，我愿意穿着汉服去上班、去参加文化活动。我觉得在西安身穿汉服是很自豪的。这不是个穿衣打扮的问题，这是倡扬我们的文化，展示的是一种立场。

传统与现代的对接

　　看了介绍丹凤县的专题片，我想了很多。一个商埠的兴盛，大约应该具备三个条件：一是有交通枢纽的位置，二是人口密集有商业基础，三是具备物资集散功能。这是历史上龙驹寨成为当时陕西四大镇之首的主要原因，因为清朝光绪时龙驹寨每年贡献的税额就达十三万两白银，为"全陕之冠"！在此之前的乾隆朝，可能预计到这个商埠未来的潜能，就由朝廷批准在龙驹寨设州判衙门，专管水旱码头的政务和商运。三百年来，龙驹寨为民族和区域经济的发展做出过重要贡献，研究这段历史，阅读姚怀亮先生的长文和黄元英、张中山的论文，我更多地想到：历史对于现实的意义是什么？

　　如今的丹凤县城，即昔日的龙驹寨，当年兴盛的历史条件不存在了，恢复三百年前的商务环境也不可能了，但如今的丹凤县仍然要发展，怎么办？面对变迁了的时代，如何将传统与现代对接？

　　当今之时代，人们的物质生活基本小康，城市人大体上衣食无忧，而标志人们生活质量的主要是精神生活，比如都市里的各类演艺、体育比赛、影视活动、琴棋书画、旅游休闲、读书与收藏等等，而龙驹寨能参与公众精神生活、特别是城市人精神生活的，大概主要有两个：一是旅游度假，二是贾平凹的文学。

如果以旅游业为导引，可衍生的物质和文化产品还可以很多，如规划中的码头文化一条街，丹凤小吃，竹林关的老花鼓，老葡萄酒（包括时兴的山茱酒）；还有贾平凹小说的情景展示：《浮躁》里的老铁匠铺，女主人公小水唱的情歌，《天狗》《野山》《乡民》《小月》《鸡窝洼人家》《桃花满天红》《高兴》等贾平凹小说改编的影视和舞台剧展示，等等。应该充分认识贾平凹作品的潜在意义和经济价值，几乎每年在北京上海港台以至国外都要召开贾平凹作品的研讨会，丹凤县能否派人去了解一下，看看里边有什么商机，现在，贾平凹小说中的许多人名、地名都被外人注册了商标，比如求缺屋、不静岗、高老庄等等，有的用于酒楼饭店，有的用于茶馆。贾平凹现在的工作之一就是陪同北京来省上视察工作的首长吃饭，不陪是不行的，领导说了，这是他的一项工作，贾陪吃是一种接待规格，办公厅的接待单上印着他的名字，我希望丹凤县从中可以吸取些什么。贾平凹作品中可资开发的素材很丰富，但需要文化整合。我到甘肃庆阳参加了两届香包节，人家是小产品大经济，面向全世界每年所签的供货合同都是多少个亿，由此我想到咱们这里的草鞋，每次漂流完了就丢掉了，为什么我们不可以将草鞋工艺化，用过之后还有审美价值、收藏价值？

现在，许多城市建设和旅游开发搞得轰轰烈烈，但也出现了一些规律性的问题：一是将历史的厚重浅薄化，二是将历史的珍存垃圾化，三是将文化的悠久轻短化，四是将人文的深邃庸俗化。我曾在咸阳城市建设论坛上发言，说咸阳的城市建设就是浮浅化、垃圾化、轻短化、庸俗化。我说：你们搞了个"世纪大道"，搞得很不错，你们要以此纪念咸阳进入新世纪，很自豪啊，可是我要问：全世界哪个城市没有进入新世纪？如果大家都搞个叫世纪啥啥的项目，全世界将有多少雷同的名称？这就叫浅薄！没文化！有人问我，那这么好的大道该叫什么好？我说你叫"始皇大道"不好吗？全世界独一份！其他任何城市都没这个本钱、没这个资格这么叫，咸阳是唯一的，秦统一六国的号令及书同文、车同轨、度量衡天下一统的号令都是从这条大道传向天下的！当时咸阳有人听了，说我们为自己没有历史文化眼光而羞愧啊，叫商洛人这么骂，痛快！

　　我在西安的"唐代城市建设学术研讨会"上提出一个观点：西安的好多大项目的建设缺乏充分论证，在学术和技术之间有缺环。似乎一个大的文化项目先是由历史学家、民俗学家或其他专家做了先期的学术准备之后，立马就进入了技术范畴的工作，策划大师、设计大师、建筑大师，这些大师一云集，万事大吉！其实不然，在学术和技术之间尚缺文化大师的参与，因为只有文化大师才能将学术和技术整合成有创见的、经得住质疑的文化项目。

　　西安的唐代三大遗址公园（曲江、慈恩寺、唐城墙），很宏伟、很气派，但也存在未尽人意之处。比如慈恩寺遗址公园里，有关佛教历史的成分就稍嫌淡薄，佛教八大宗派有六宗的祖庭就在西安或者周围，这儿正是慈恩宗的祖庭。还有佛教史上的代表人物，佛教经典里的哲学意义等等，都可以通过各种形式给游人以知识和启示，而不仅仅是花香鸟语。

　　我希望借龙驹寨开埠三百年之机，思考一下：昔日的龙驹寨今日的丹凤城以后的路子怎么走？有水了可以漂流，没水了干什么？今年天旱，橡胶坝里的水还不足一米五深，漂流停了好长时间，那么，我们有没有自然之水之外的人文之水呢？一个武关，关联着多少改朝换代的大事，多少英雄在此血泪沾襟？一个贾平凹，三十年来给中国文化文学界制造了多少波澜？

昨天晚上听邵志强先生创作的歌曲，几乎全是这块土地上的旋律，这种家国意识很宝贵。陈道久先生写的《丹江漂》很有趣味，但透射出的是一种责任，那么小的学龄前儿童，他知道北京意味着什么，他这里的忠诚是原始意义上的、是先辈遗传于骨子里的。中华文化元典里的记载是：君仁臣忠、父慈子孝，双向负责的。中华文化的流变主要在西汉董仲舒的"三纲"之后，文化变成了统治者意识形态的工具，单向的，臣子只向皇帝负责、儿子只向父亲负责、妻子只向丈夫负责。董仲舒制造了中华文化的一个拐点，从此江河日下，民主式微。

从"五四"开始，知识人把民族衰败的责任全算到文化的账上，这有些不妥。因为他掩盖了执政者的责任，政治是一门学问、一门专业，国家没有搞好主要责任在执掌权柄的人。同样是中华文化的大背景，为什么唐朝称雄世界，而满清却是东也敢打、西也敢打并且谁都能打败它？所以从文化上算账，这账越算越糊涂，包括一些"五四"精英自己，数典忘祖，全盘西化，只知大胆假设，并没小心求证。他们主张取消汉字、灭掉中医，流弊所致，影响到新中国成立后的国家语言文字改革委员会的工作方针，当时提出汉字改革的两个步骤：一是汉字简化，二是走拼音化的道路，其实最终还是要取消汉字。一个民族连自己的文字语言都没有了还能称其为民族吗？这危局直到电脑专家王选的出现才得以根本改变，这位科学家解决了汉字输入电脑的问题，才救了汉字的命。

改革开放以来，一些自命为知识精英的人谈论中国问题，开口就是黑格尔怎么说、萨特怎么说、马尔克斯怎么说，要不就是上月我在纽约见了谁，他又嘲笑了中国什么，等等，问他《尚书》怎么回事，《内经》怎么回事，他摇着头很不以为然、很不以为知，很高傲的样子。这也难怪，当年的胡适博士就没说清，他说《尚书》是假书，说《孟子》是真书，可他不知道《孟子》里大量地引用了《尚书》！说《尚书》是假无非是要在中华文明的历史光焰上浇一瓢水。就是这些被完全西化了的"精英"，他们对西方文明也是一知半解。西方文明是怎么形成的？中华文明是怎么开创的？不作仔细考究，人云亦云，终究是假洋鬼子。西方人在哪儿居住？他们有上帝造好的伊甸园；他们吃熟食，因为有普罗米修斯能从天神那里偷火；他们也不用封妻荫子，因为他们的上帝可以造人……可是中华先祖不是这样的啊，我们的祖先没有房子住，他们是自己动手构木为巢；我们的祖先要吃熟食，他们是自己创造钻木取火；中华子民从何而来，他们的答复是"先有天地而后有万物，先有万物而后有男女"，人是从天地万物进化而来的。有了国家形态之后，中华先贤坚持道器并重，不仅有《黄帝内经》，而且发明稼穑蚕桑、纺织衣裳、指南车等等；如何实现政权的交接，中华先祖的做法是"传贤不传子"啊，所以你不读元典只跟着别人瞎嚷，就像上百年来不少人用西方的价值观来评判中华文化、用西医理论验收中医一样，用西方观念的秤称中国文化越称越没价值。再比如求证直角三角形的边长关系，在欧几里得的《几何原本》中，用"因为，所以"求证 $c^2 = a^2 + b^2$，过程需要十步以上。而《周髀算经》用折矩的方法证明勾股定理，三步运算就可以干净利落地求证出结果，而且过程具有异常的形象性、趣味性。这说明西方的科学方法不是通向真理的唯一途径，方法之外还有方法，道路之外还有道路。西方人直接用火烧烤面团做成面包，中国人用火烧水、用蒸汽蒸熟面团做成馒头；西方人用刀叉直接取食，而中国人用两根木棍儿通过五指协调动作夹取食物，结果都解决了吃饭问题，难道只有面包和刀叉是唯一的真理吗？所以大数学家吴文俊说，除了以西方为代表的科学之外，事实上还有跟它们完全不同的所谓东方科学。庸才和大才的区别就在这里，一个是独立思考勇于发现，一个是人云亦云妄自菲薄。

中国，外国，家乡，异乡，做好了是一样的。

丹凤的长处丽江、平遥比不了，只是目前还没有做得更好。这个好，是乡情本土化、历史功能化、人文趣味化。从县城漂流到月儿滩，两岸风光无限，可是两岸的山水亭台取了许多恶俗不堪的名称，严重地消解了真山真水的自然美，这就是文化学者的缺席造成的。

龙驹寨曾经辉煌过，以后的丹凤城还将创造辉煌，因为有一班勤奋的人、智慧的人在忘我地工作着。他们没有数典忘祖，他们牢记着祖先的业绩和历史，他们从中寻找思想，寻找古与今的对接点，寻找中华的文化元素、龙驹寨的文化元素，这样的眼光是成功的基础。在中国，无论做什么事情，只有把你的项目结结实实地焊在中华文化的骨架上，你的项目才是有根之木，才是有源之水，才可能取得长久效益。中国人的血管里流的是中华文化的血，这是遗传的，改变不了的，就像人的胃的记忆一样，小时吃过的东西，一辈子都觉得唯此才最对口味。

柞水观天

天是一个古老的概念。佛家乃言，西天极乐，有七宝莲池，有琉璃建筑，人皆圣者，性不分男女，位不别君臣，只是师勤生勉，只是佛法普照，只是天乐共闻。到了柞水，看蓝天清远，白云悠悠，看山花鲜艳，听樵民野歌，就疑心到了世外福地，喟叹浊风侵蚀时世，何以会有桃源幽境遗落人间？有时论家言：天庭四柱，缺一则倾，故东南塌陷，其世道人心已非经典情怀；而西北高崛，有先民耕织之风，虽物欲不举，却无疮天病地之祸。于是作想，柞水在西北，有天柱高擎，故清风教化，月光铺地，四向空阔，民性协畅，该是尧舜裔种也!

言未毕，又一种声音在质问：东南繁华，金水流淌，民皆暴富，物质文明；而柞水原始山川，木材腐烂，美女流失，父母官尚不能按期拿薪，况一般官吏百姓？

一种声音清灵悦耳，一种声音惊世骇俗，两难了做文人的，就投足再作柞水行。眼见为实，耳听乃虚，我非两栖动物，入海喝水，上岸吸气，见啥啥好。入境考据，知以柞为流放之地。唐通天元年始置柞水县，取境内柞河通流柞林遍布之意，后政区流变，时而割属四邻，时而圈设府衙。近代两世纪，前一个半世纪属关中道，后半世纪归商洛署。县府在秦岭南坡，乾佑河畔，夜珠坪、普陀庵、晒裙岭、天书山、玉皇顶，山川景物浸润文化意味，不知先朝何以辱之荒蛮之地？

置身对峰台顶，见云从岩隙生，碧从草叶流，就知道乾佑河边的浣衣女子何以玉臂如藕，就知道云台山上的汉子何以声巨如豹，就知道香港人何以据此执意办厂，丝绸厂的产品何以旺销五洲……上有纯绝之天光云影，下有灵秀之山水人物，地理上的卓越就决定了物产上的优异，谁说柞水落后？当然，山村乡野地，掩藏畸色风情，偶有痴呆傻蛋、刁野蛮徒，但这类货色难道北京没有？难道深圳没有？评议器物，重在质地，考索地域，方法类之。柞水的质地在纯、在璞、在民族文化形态的本始风貌。

问我感想，聊作归纳：一曰这里人民可亲。入市察检，或卖核桃板栗，或售槲叶龙须草，皆市声绵软，绝少欺诈，成交与否，俱赠笑脸儿一个，留您悠久回味。二曰这里女子可爱。举凡村落城镇，女子皆颀长腰身，或提篮或执伞，举手投足皆诗女做派。或许她没有读过中学，或许她没有到过西安，古风的遗传使十六岁的她和四十岁的她一样端庄柔美。有作家坦言：这是一项资源！让她们开饭馆、导旅游，绝对扯走秦俑馆的生意。也有论家说：美人可以娱目，娱目就是审美，审美是作用于精神的消费，由此感染外人，岂不是对精神文明的贡献，岂不是对中华传统的发扬？三曰这里山水可玩。有名的石瓮乡，无山不洞，无洞不水，小如豆眼，大若龙宫，或滴水穿凿，或暗河滔滔，堪称北国奇观！问县长王甲训何故，答曰柞水遍布喀斯特地貌，境内2300平方公里，洞穴勾连地下，是神秘境界，喇嘛洞、玉霞洞、药王洞、天书洞、百神洞、云雾洞、佛爷洞、风洞、龙洞、天皇洞。一洞一历史，一洞一奇观。再问：何不开发搞旅游？县长云：已开发、正开发、待开发，洞洞都在动。又说，待秦岭隧道打通，此地距西安76公里，二级公路一小时行程，那时柞水就更开放了！

开放是个好。但若干现实呈示的却是另一种景象：经济开放了，道德沦丧了。

见我忧伤，县长就指看对峰台上的贾僧题联。联曰：两峰守一烛你守你身，一揖拜百佛我拜我心。解释说：守你身就是守传统，拜我心就是拜经济。

心想：柞水是现代文明的一块弃地，更是历史遗落的一颗珍珠。弃地要开发，珍珠要放光，守住仁义道德的净土，又要倡扬经济发展物质，两全虽难，却是理想，垫稳这两块基石，放言重铸民族灵魂就不是一句空话。那时，我们就可以拿一首老歌来唱新词：柞水的天是晴朗的天，柞水的人民好喜欢……

西秦酒中仙

　　嫂子爬上北原已经气喘吁吁了。当她看见小叔子在那五坛八卦前猎拳扎势的样子就气不打一处来："修仙哩，得道哩，还食人间烟火哩?!"小叔子默默地喝了嫂子送来的一罐"西京腔酒"，不由自主地抚摸着这只"万亨涌酒坊"的特制陶罐，心想嫂子是个好嫂子，八年来不避风雨上原送吃喝，就是那一张刀子嘴太刺人，不过八年修炼也该给嫂子有个交代。嫂子坐在一边纳鞋底，她粗腰大沟子是典型的西虢农妇，但她有一绝占尽西虢春色，这就是嫂子的一双美人手远近闻名，这双手修长细嫩柔若无骨，做的女红精美结实，酿的腔酒醉跌蜂蝶，小叔子一边双手揉着那陶罐，一边盯着嫂子的双手痴想；嫂子这边就气不打一处来，心想修仙之人，还有俗人之想，就拿鞋底叭叭地拍着衣襟，一边伸手去拿罐子，说时迟，那时快，小叔子用膝盖一顶，手中的罐子面皮儿一样翻了过来，双耳朝里；嫂子立时目瞪口呆，连说"修成了修成了"，就日日用这翻耳罐送酒不误。

　　这则产生于满清乾嘉年间的神话，至今还流传在虢镇一带。小叔子名叫人炭子，后与灵官斗法挨了金砖一病不起，生前遗嘱：在他死后，把铁犁头烧红给他穿在脚上，同时口注热油，徒人如法操作，忽见灵官庙起了大火，此是后话。其嫂名叫梁园子，终生以沽卖酒曲为业，所制白酒"曲蘗"质高价廉，承携了方圆百里酒家。其后人所开"同心福酒坊"一直经营到20世纪50年代初。

酒厂位于陈仓故地，西周时为文王弟虢仲之封地。此地乃八百里秦川西端，北西南三面环山，中间低平，东部敞开，簸箕形地势易于纳水收风，境内多条河流交汇，大陆性半湿润暖温季风柔爽如春；再加之渭河冲积平原的二级台地沃土肥厚，盛产五谷六秫，周秦先民远在六千年前就掌握了酿酒技术，戴家湾、底店堡出土的葫芦瓶、尖底瓶、陶杯等酒器说明酒在新石器时代已进入人们的日常生活。豳人迁岐后，饮酒之风日盛，到周人就有了"无酒不成礼"的习俗。约两千五百年前成书的《诗经》，有六十多篇描述了周人的酿酒饮酒之风，如"八月剥枣，十月获稻，为此春酒，以介眉寿"等等。随着酿造技术的提高，当时的制酒已经规范化，形成"五齐"

的操作程序，对制酒的各个环节都有具体要求，如："秫稻必齐，
曲蘖必时，湛炽必洁，水泉必香，陶器必良，火齐必得。"据此"六
必"，后人总结出"粮是酒之肉，曲是酒之魂，水是酒之血"的精辟
理论，从而把"粮、曲、水"三元素的重要性提高到认识论的高度。
随着周人对发酵技术的掌握，所造之酒有"五齐三酒四饮"达十多
个品种，如清酒、黍酒、旨酒、醴鬯等。因饮酒成风，酒具也日益
精良，随着冶金术的提高，出现了青铜制作的酿酒器、贮酒器、挹
酒器、调酒器、温酒器、饮酒器等名目繁多的瓶瓢杯勺，如尊、卣、
彝、缶、爵、觥、甲等。

　　唐宋以后，西秦人的制酒技术进一步提高，美酒佳酿名满天下。
有人为虢镇的酒坊题联曰："周文王访姜尚知味停车，汉萧何追韩
信闻香下马。"特别是虢镇的"皇后御酒"因治好了唐太宗李世民长
孙皇后的痼疾而名传千古。据《续修陕西通史》记载，明末清初，
宝鸡境内大小烧酒坊有三十多家，至民国时，宝鸡的酒坊发展到
124 家，仅虢镇就有数十家。1950 年，人民政府赎买、合营了虢镇
的十一家私人酿酒作坊，组建了"公私合营宝鸡县西秦酒厂"，
1961 年该厂又与虢镇酒厂合并，成立了"公私合营宝鸡专区西秦酒
厂"，1993 年更名为"陕西省西秦酒厂"。1997 年，随着改革开放

的深入，当年 10 月西秦酒厂部分改制成为"宝鸡秦川酒业有限责任公司"。

西秦酒厂生产的"秦川大曲"五十年来誉满城乡，深入人心，它以"清亮透明、醇香柔顺、甘润挺爽、诸味谐调、回味悠长、不干口喉"的典型风格被称赞为老百姓的口味老百姓的价格。特别在西北诸省，城乡人民佳节聚饮、红白大事，莫不以"秦川大曲"为坐庄之酒。公司组建之后，形成了以酒为主业，以饮料、纸箱、瓶盖等业为辅的多元化生产格局。特别在"秦川大曲"系列化方面，公司投入了大量的人力和资金。公司技术人员经过实地考察，选用河东高粱为原料，用大麦豌豆制曲，把发酵时间延长到四十多天，保持恒温四十至五十摄氏度；再用老五甑续甑发酵，然后固态蒸馏，掐头去尾、分等贮存等十二条工艺措施，使"秦川大曲"以新的面貌呈现世间，形成了凤香型、浓香型、保健型和集"清、浓、酱"诸香型为一体的四大系列三十多个品种的秦川牌方阵产品。因其质量上乘，秦川大曲系列酒获"陕西地方名酒"称号，并被新华通讯社确定为宴会特供酒。1984 年以来，秦川酒先后获得轻工业部优质酒、第二届曼谷国际名酒博览会金奖、亚太地区国际贸易博览会金奖、中国食品工业协会国家质量达标食品等称号和奖状。其中，

"秦川王"酒荣获陕西省世纪王牌酒称号，"精品兰盒酒"荣获陕西省世纪明星酒称号。目前，秦川系列酒行销国内二十多个省市自治区，在日本及东南亚等国家和地区也打开了销路。新世纪以来，公司又推出十年陈酿"珍品秦川王""秦川福""秦川宴"等新品种，并紧锣密鼓地开始研究秦川酒的高档品牌。

一群奋斗不息的西秦人，把周秦古虢的酒文化发挥得淋漓尽致。

西秦厂要上高档酒，制酒人必须要有新境界。新境界从哪里来？一是传统，二是科技。传统是眼淘不干的井，就看你掘得深不深。总经理梁国模亲自披阅《诗经》，查看典籍，认定秦川酒要创新，仍然须从"三元素"着手。首先是粮，他派人远足踏访，最后选定黄河东岸晋南一线的纯种红高粱，这种高粱籽饱实圆、色泽鲜艳、味香性黏，他们特别要求粱农：作为优质酒料，所种高粱必须施之农家肥！

然后是曲。曲是酒之魂。这决定着未来高档酒的新姿态。这个姿态取基愈深，出新愈远。而这个魂，既要典雅高尚，又要灵动时尚；既要涵盖古今，又要迷醉中外；她是综合的、博翰的，更是大境界的。梁国模自然想到了李白，这位唐代的大诗人被称为诗仙，杜甫作诗赞他："李白斗酒诗百篇，长安市上酒家眠。天子呼来不上船，自称臣是酒中仙。"他的豪壮，他的气魂，他的傲岸，他的天资，深深地震撼着梁国模，突然，梁国模的大手在桌上一拍："酒中仙！"

于是，西秦酒厂的高档酒有了一个响亮的名字！

支撑这个名字的仍然是曲。曲高、曲雅、曲醇决定着"酒中仙"的品质。因为用粮食造酒必须先把谷物中的淀粉分解为葡萄糖，然后再使糖转化成酒。古代的巴比伦人发现麦芽中的酶可分解淀粉而成糖，由此而发明麦芽制酒术。但我们的华夏祖先，却将谷物的糖化和酒化两道程序合而为一，这中间的绝妙之处就在于使用了"曲"，这"曲"中含有大量的微生物，这些微生物在一定条件下，同时对谷物进行糖化和酒化，这就是中国特有的复式发酵法。而这"一定条件"就是工艺，工艺掌握得好可以酒香十里，工艺掌握不好就使酒池发酸变臭。所以对酿酒之曲的制作历来是酒家的秘籍宝方。为了制得新的西秦宝曲，他们选用渭河北岸二道原上的大麦和豌豆做制曲原料，二者比例沿用古方；另外，在虢镇的老作坊发掘古井泥池，在民间广泛收集土单验方，以传统集成为基础，慎密筛选，经过对曲坯强化接种、酿场热拥、延长发酵、去杂增香等十几道工艺过程，反复组合，批试对比、择优培育，终于开发出具有自主知识产权的特优"大曲",完成了对"酒中仙"的灵魂塑造。

粮、曲俱备,而水的品质更不能忽略。四川酒、山西酒、贵州酒,之所以各具风味,水起着巨大的作用。为此,西秦酒厂的技术人员几乎走遍了宝鸡七镇513个行政村,遍尝各处井泉池溪,又踏寻境内的十九条河流,溯源探流,品评鉴定,又取样化验,反复斟酌,但仍让人觉得美中不足。因为,今日之宝鸡,远非周秦之陈仓,如今境内,乡镇企业星罗棋布,自然环境已非天然生态,地上地下之水发生了很大变化,如再以此水酿酒必然难以预期。于是,他们决定,自制纯净水,这虽然增加了成本,但丰满了"酒中仙"的血肉之躯也是值得的。

解决了"三元素"的问题,工艺就被提到重要议程。技术人员精研《周礼》,将"酒正"篇所论之"五齐"再次从头模拟。所谓"五齐",就是发酵酿酒的五个阶段:"五齐之名,一曰泛齐,二曰醴齐,三曰盎齐,四曰醍齐,五曰沈齐。"一齐是说谷物受到"曲"中酵母菌的作用体积膨胀,浮在水面;二齐是膨胀的谷物在"曲"中微生物的作用下因发酵而糖化;三齐是发酵完成,气泡冒出;四齐是完成酒化过程;五齐是发酵停止,酒糟下沉。古人把酿造工艺分得极细,每一步都有具体的质量要求。如今的"酒中仙"工艺,不仅师法古方，而且要推陈出新，重要的是继承古人这种一丝不苟的科学精神。在发掘传统的同时，西秦人还增加新产品的科技含量，在质量把关上，他们采用最新的电脑色谱分析技术，使用微机调兑，对质量诸元作了极精确的技术限制。另外它的内包装用酒瓶采用美国已毁的世贸大厦式形制，洋派又时尚；而外包装的纸盒纯白素净，装饰画上的三位酒仙形态高古，益增周秦意趣。同时在防伪标识、瓶口机关等方面也另有机妙，饮家可尽享一时之乐。

在一个金秋送爽的季节里，"酒中仙"应运而生了！许多行家品评的结果是：酒中仙是真仙！它以西秦传统凤香为基础，同时具备贵州酒、四川酒、山西酒的香型特点，饮"酒中仙"，开瓶即凤香四溢，入口则柔绵甘美；待舌蕾神经传感，方觉圆口醇厚，微觉酱香绕梁；再待徐徐咽下，又觉后味舒爽，似有浓香扑鼻；等到酒液落肚，口中仍余味畅美，仿佛清香透腹；三日之后，心中仍回味悠长。专家认为，"酒中仙"既有乙酸乙酯的清香，又有乳酸乙酯的浓香，这种复合香味来源于几十种微量成分，这些微量成分既是精粮、精曲、精水、精工的综合结果，也是西秦人的心血所成。

在香型分类上，行家把"酒中仙"定为"兼香型"。

中秋月圆，"酒中仙"靓现西安市场，在这良辰美景之时，作者见到了该酒的监制和策划人刘鸿鹄先生。谈到初衷，他说，"酒中仙"打的是文化品牌，因为这种酒不是饮料，也不是食物，它是周秦文化在新世纪的载体，又是现代文明烛照下的精灵。畅饮美酒是通过物质传达精神主旨。有朋自远方来，奉酒洗尘；送亲离别，举杯饯行；节庆生诞，共饮同贺；丧葬忌日，祭酒缅怀；百礼之会，非酒不行。中国的一切礼仪会节，充溢着酒文化的理性内容。所以君子饮酒，"一爵而色温如也，二爵而言斯，三爵而冲然以退"。酒通过神经而作用于思想，所以李白放歌曰："五花马，千金裘，呼儿将出换美酒，与尔同销万古愁。"当代著名作家王蒙诗云："有酒方能意识流，人间天上任遨游。神州大地多琼液，大块文章乐未休。"王羲之曲水流觞，乘兴写出千古美文《兰亭序》。当然，如果丢弃理性，艾青说这种"火的性格，水的外形"的液体可使"聪明的更聪明，愚蠢的更愚蠢"，东方朔不是在大醉之后当着皇帝的面撒尿吗？

　　谈及市场情况，刘鸿鹄说："酒中仙不靠炒作，不对市场作地毯式轰炸，酒中仙以自身魅力让饮者闻香下马。目前只重点供应几大酒楼，如上海大众、秦朝瓦罐、万紫千红、大香港、雪花新世纪等。"他对饮家的赠言是："酒中仙，礼德先，宠辱事，搁一边，学三讲，比酒酣——"

我说："你怎么讲开政治啦？"

他说："改革开放这坛酒比什么都香哪！"

金石文化断想

金石文化是一门根深源远的学问，初发即与记史相伴，兼有表功扬名之效。《墨子·兼爱下》有言："以其所书于竹帛，镂于金石，琢于盘盂，传遗后世子孙者知之。"《吕氏春秋·求人》篇云："功绩铭乎金石，著于盘盂。"这里的"金"，即钟鼎；"石"，即石碑。唐韩愈《平淮西碑》云："既还奏，群臣请纪圣功，被之金石。"清戴名世《傅天集序》："扬厉无前之伟绩，可以勒之金石，垂于无穷。"鲁迅《汉文学史纲要》第五篇："始皇始东巡郡县，羣臣乃相与诵其功德，刻于金石，以垂后世。"无论金或石，皆物理结构坚固稳定，又耐得高温高寒，可以长存世间。曹植《与杨德祖书》："建永世之业，流金石之功。"借金石之不朽，传功业之伟大。而史上之传世书画也多借金石之功，清《睢州志·浮香阁绝句十七·袁参政枢》："书画金石之藏出公（袁可立子）家者，人皆珍之。"而《大戴礼记·劝学》中所言："故天子藏珠玉，诸侯藏金石，大夫畜犬马，百姓藏布帛。"这又是就藏家财力而言的。

而由金石成名的"金石学"是中国考古学的前身，也就是对古器物的考证与研究，此学从北宋开创已有一千多年的历史。这里的"金"专指有铭文的青铜器或铜器、铁器，甚至金银器；而"石"指石刻，刻上文字或图画的各种石材、玉材。金石家依此来考据古代的经济、文化、史实等等。因为"金石学"研究的是实物，跟后来的考古学相类却又不完全相同。科学意义上的考古学，既有田野发掘、田野调查，也有地层学、类型学、考古学文化等等，有一套完整的方法和理论。广义的"金石学"还包括竹简、甲骨、玉器、砖瓦、封泥、兵符、明器等。"金石学"的研究涉及文字学、历史学、书法、文学、图书学等，有些在汉朝就已经出现，但在宋朝和清朝最为发达。宋朝石鼓文的出土和清末甲骨文的发现是金石学的两座学术高峰。历史上著名的金石学家如宋代的赵明诚（词人李清照之夫）、诗文家欧阳修；清代的学者罗振玉、王国维、王懿荣、吴式芬等。

陕西金石书画院传承了中国金石书画艺术的元源正本，为中华文化艺术的正本清源做出了卓越贡献，陕西金石书画院续接了金石艺术的历史沿革，首开当代书画艺术认祖归宗之路。

《荀子·劝学》："锲而舍之，朽木不折；锲而不舍，金石可镂。"《后汉书·独行传序》："或志刚金石，而克扞于强御。"陕西金石书画院正是以这种刻金镂石的精神带领书画家精研中华元文化，读经阅史，从祖宗开创的文化源头上寻找艺术创新的生长点。该院院长邢德朝先生，组织文化学者来院办研讨、搞讲座，从文史哲诸方面给书画家"追肥"施教，抬高他们的文化底座，养育他们的圣贤之心，促使书画家从"匠"走向"家"，从技术层面向哲理层面攀登，从金钱之俗向精神澄明之境过渡。

金石是负载文化精神的原材料，更是以坚硬强大召示着中华民族的人文意象。在石、玉、青铜等金属材料上著史记事，记录并印证各个时期文化活动，是史家著史的依据，也是书画家延续艺术生命的有效途径。书画是中国文化很重要的元素之一，作品的出处、书画家创作此作品的时间地点，以及当时作者的文化取向、精神追求等等，都可以通过钤在作品上下款中的名印、闲章、收藏章透露出来，而这些印章的用材主要是玉、石、铜、金、磁等等，这也使得书画作品因金石之气而显得厚重深沉，其历史感和人文意味便使人回味无穷，倘能以传统卷轴装裱，就更有了书香之气和君子之风。

西安是一个历史悠久的文化名城，几千年文明在这个城市不断孕育和传承。秦朝至元朝的一千五百年间，金石碑刻保留下来的有七百余种。清乾隆年进士毕沅来陕做巡抚时，著有《关中金石记》，他认为金石可以证明中国文化的发展历史，所以，他在多篇评论中阐明自己的理论观点，对保留的金石碑刻做了翔实的考证。这是对陕西金石书画理论的最大贡献。

陕西曾有不少专家、学者对文化的传播起到了积极作用，也有一部分是陕西的文官武将，他们潜心于金石书法的研究探索并取得成就，如端方、樊增祥、翁同龢、吴大澂等，这些人物对陕西的人文地理、人文环境做了大量的考究，有的著过书，有的讲学做学问，有的写过理论文章。1923 年 8 月，康有为来到古城西安，会见了陕西金石书画界的知名人士，如礼泉的著名金石书画家、学者宋伯鲁，咸阳著名书法家、学者李岳瑞，渭南著名学者、金石家雷延寿，西安的大学者王典章等。康有为以文会友，以金石交友，将陕西的金石书画研究推向新的境界。康有为是当时的省长刘镇华特邀而来的，康有为文才大略即兴演讲博得西安学界的好评，他弘扬中国传统文化，尤其是传承儒家、道家文化，也讲授时代文明和科学发展的新观念，所以，此次康有为西安之行的文化意义不可低估，尽管发生了"盗经"事件，但那也是爱之愈深所致。他不像有些后来的"大师""旗手"，要将祖宗的东西一概踏倒。陕西著名水利专家李仪祉及著名医学专家、西安红十字会会长杨叔吉也曾对金石书画十分喜爱，他们常去西安的八仙宫、西大街的亮宝楼与西安金石界的篆刻家、书画家品茗论道，一时成为文苑风景。

1924 年 7 月 14 日，应西北大学和陕西省教育厅的邀请，鲁迅先生乘水路来西安讲学。他游览了西安的名胜古迹，还在易俗社观看了秦腔并题写了"古调重弹"的牌匾。据说当时的西安近百名金石书画名家相继作陪。1932 年，国民政府委派学者张继到西安组织"西京筹备委员会"，一时间关中的文人骚客、高官政要奔走相告，其中最引人注目的有教育总长傅增湘、江南才子著名记者易君左；当时，著名书画家齐白石、张大千、关山月、黎雄才等先后到西安游学，他们相聚在尚勤路的西京金石书画学会，或创作交流，或研讨金石考据，成为一时盛事。1933 年 7 月，西安著名金石书画家张寒彬、寇遐、党晴梵、陈尧廷等在南四府（即现在的西安晚报家属院）相聚共同探讨金石书画的展览、展示和持久发展规划。1934 年9 月，金石书画学会乔迁至西大街鼓楼，后不断完善组织管理，加强内外交流，又聘请了当时的省长邵力子和杨虎城为名誉理事长，选举寇遐为理事长，该会将酷爱书画家的西安文化精英们团结在一起，每周举行一次讲习会，每年编印画集两卷。金石书画学会的展览中收集到宋元明清不少民间藏家的珍品，其中保存十分完好的有宋代马远的《深山虎啸图》、宋代夏珪的《溪山无尽图》、宋代方椿年的《天女散花图》，明代宋克的草书挂轴，同时期张瑞图的草书挂轴，还有八大山人、文徵明、王石谷、王铎、高其佩等人的书画作品千余幅，可谓规模空前。西京金石书画学会是陕西文化发展的一个重要符号，其产业和规模非常值得今人弘扬和传承。

　　1994年，著名诗人、文化活动家邢德朝与著名金石篆刻家、古文字学家傅嘉仪陪同日本学者在西安访问时，就传承金石古韵、开拓书画新局面而产生了一个设想。后来，傅嘉仪、邢德朝及几位文化界朋友在建设路一家杂粮食府聚餐时，又讨论到金石书画的起源与发展。当时，傅先生是西安中国书法博物馆馆长，海内著名的金石书画家和相关学者的交流信件、寄赠图书和书画作品，通过邮局寄来的少说每月有两大麻袋。邢德朝经常登门造访傅嘉仪先生，同时还介绍了卫俊秀、刘自椟、邱星、石宪章等书画名人。邢德朝是个有心人，他早就想在金石书画上开创一番事业，而今结识了这么多的同道者，一时信心倍增。他一一登门拜访，给他们录音录像，还组织人力为之立传。这些名家们深为邢德朝的举动所感动，纷纷赠送书画作品。后来，这些作品都被编入邢德朝主编的《陕西文化人》丛书，向社会推广。为恢复和传承金石书画艺术，邢德朝经过八年的奔走鼓呼，终于在 2005 年 12 月，经陕西省文化厅批准、陕西省民政厅登记，"陕西金石书画院"正式注册，为传承千年的金石史注入了新的内容，并成为陕西文化对外交流的重要窗口。原陕西省和政协的领导、陕西省文化界著名人士如刘文西、杨晓阳、王西京、江文湛、王有政、陈忠实、贾平凹、雷珍民等，都给"陕西金石书画院"以极大的关怀和支持。

邢德朝领军实行的一项重要举措就是文化采风。他带领书画家到宝岛台湾进行艺术交流，还到武汉等大城市向同行学习并交流展出。走进历史认祖归宗，走出陕西扩大视野，院长邢德朝用自己的细心和耐心实践自己的艺术战略。

邢德朝艺术战略的另一个重要举措就是常年推出各种展览，以展示陕西书画创作的最新成果。在西安高新区管委会的支持下，书画院在沣惠南路租下 1200 多平米的大厅，成立了高新美术馆并率先举办"陕西名家书法展"和"陕西名家人物画展"。他把几年间收集到的数百幅名家名作集中展出，一时在西安书画界引起强烈震动！

收藏家、书画家、企业家纷纷聚集，这里的人气之盛无与伦比。趁着旺盛的人气，"高新美术馆"又紧锣密鼓地连续推出了颇有特色的书画展览，截至 2012 年 3 月举办展览 180 余次，总计展出作品 23000 余幅。

组织书画家下基层，是邢德朝带领书画院坚持的常规活动。深入生活、深入基层、深入到火热的生产前沿去吸取艺术营养、提升艺术家的情感品位，是造就金石书画院成功之路的基础。在邢德朝的带领下，金石书画院七年间下基层采风 230 余次，送书画作品总计 50600 余幅。

陕西金石书画院多年来编印出版了各类书画文学刊物数十万册，为古城一大亮点。由于刊物和宣传图册图文并茂，印刷高雅，纸张精美，装潢现代，不仅受到书画界和文学艺术界赞美，还受到收藏界青睐。《艺坛》是书画院的院刊，以双月刊形式很规范地编印出版，文图并茂，读者爱不释手。值得一提的是，金石书画院在编辑刊物过程中特别注重培植新秀、推荐新作。一些初出茅庐的大学生，一些名不见经传的小人物，刊物毫不吝惜地给予他们以大力推荐，使年轻新秀很快得到社会认可，有的在书画院加强实践，顺利考研，进入高校再度深造。这些年轻的书画作者感激画院对他们的栽培，表示要为艺术事业献身终生。

　　金石之音，喻音乐；金石之志，喻抱负；金石之交，喻友情……陕西金石书画院在院长邢德朝的带领下，十多年来，凝聚了众多书画名家，创作了数量可观的精品佳作，为陕西文化的发展、为中华艺术精神的传承，做出了自己的贡献。这在于他们的生长点结在祖根上，他们的精气神得之于源头活水，只要这两样不丢，相信金石书画院的前景会更加辉煌。

从《后花园》看方英文的文化立场

  《后花园》的价值取向首先是精神层面的，一种唐文化式的精神归纳或灵魂填充，在方英文成为一种情结化成的盐水，渗透在这部小说的角角落落。什么是人类最理想的栖居地？在物质层面上，林泉幽居、田园牧歌，这是中国传统知识分子的一种向往，他们不仅要"芳草鲜美，落英缤纷"，更乐于"种豆南山下""带月荷锄归"；不仅要"采菊东篱下，悠然见南山"，还渴望"渔歌互答，此乐何极"。尽管中国目前在努力推进乡村城市化，但更现代的生活却是亲近自然的乡野散居，且不说外国人的"1+1"式的居住方式，就拿刚刚富裕起来的一些西安人来说，也迫不及待地要在终南山下丰峪祥峪一带弄块地皮购置乡间别墅；聚居和热闹不宜于自由思想者的成活，方英文在他的小说中明确延续了这种价值取向，这种取向不仅有益于人的"天命"，更滋润于人的精神。这种对中国传统的返还和对现代前沿性的追哺，整个是方英文的一个文化追梦，作品中的唐文化元素及雅致的澡雪姿态，是他建构自己精神世界或文人群体精神的一种酝酿和准备。林泉和山溪，昭示的是自由、豁达、乐观、和谐，这种超越世俗与平庸的精神取向，可能导致更自由的时空作业，而只有这种大时空作业，才能有灵魂的自由与舒展，从而可能造就永恒的艺术。

陶渊明作为百世田园之祖、千古隐逸之宗，祖上世代为官，他是由显而隐；而方英文出身耕读之家，祖父是中医、父亲是教师，虽无高楼广厦，却也"方宅十余亩，草屋八九间"，他是由隐而显（汉阴县的副县长啊！）再由显而隐，这种追求其实也是一种逃避或另一种形式的抗议。这里就生发一个问题：他在逃避或抗议什么？

古人说：天下无道则隐，有道则至。众所周知，现在中国是繁华盛世，是历史上物质生活最丰富的时代。但同时，又是中国历史上精神最侏儒的时代、民族志气最缺氧的时代。再加上西方现代文明病的传染与蔓延，精神污水与高科技垃圾由学府而祸及家庭、由家庭而祸及婴儿后代，面对这种"天下无道"，作为作家中的清醒者，除了选择无奈的逃避与曲折的抗议，还能做什么呢？作为精神取向和文化立场的一个补证，就是方英文的妇女观，以罗云衣为例，他除了要求妇女回归元典规定外，还有文化趣味上的约定，归结起来就是传统妇道加文化气质，这个要求可能会受到女性同胞的质疑，但在这方面很难有万全之策，依照这个方略，则有可能解决人类和谐中百分之五十的问题。总之，从《后花园》读出的，是方英文在为人的精神升级而追寻，在为两性的和谐而设计，作品是个人化的，但靶的是人类的。

另外，《后花园》里没有赘生物式的象征或隐喻，能够读出象征或隐喻的情节全在故事之中，它是小说的有机体，比如"楚朝亭晒太阳"，就是让想象力负荷思想，让思想化为情节，这种写法虽不是方英文的创造，但他做得还算得体。通过一个社会边缘人"晒太阳"这个细节，表现阴冷环境下人性中余存的暖色，对清明人间的渴望、对心性之爱的照射与实践等，都通过作者飘逸的文笔、丰盈的意趣状写出来，形成细浪涡流式的阅读推动，又时有幽默风趣点缀其间，使人在愉悦的读书中接受思考，从而将作者的努力化为益世悦人的文本实践。

文学批评的终极目的是为了文学建设而不是别的。那种试图通过批评创作而张扬批评者自我旗帜的做派，对作家或创作只能是工具式的利用而于创作本身无多大益处。没听说哪个大作家是批评家指导出来的，洪常青引路式的批评愿望，对创作而言到头来几乎都是徒劳。批评家看好的大树苗子最后长成侏儒，而备受指责的疙瘩榆最后长成巨木的例子世间并不少见。这不仅是批评方式、批评态

度或者批评立场的问题，或者还有批评者的人格问题在里边。无论
是作者或批评者，面对的唯一目标就是生活，共同点都是如何认识
生活、如何书写生活，而不是如何认识这个"斯基"或那个"克
斯"；生活是检验作品的标尺，也是检验批评的标尺。两者在这方面
统一了，则合力形成，作家发展、文学发展、评论理论发展；那种
脱离生活和创作实际的批评，作家不认账，最后批评者自己也昏了
头。只有读懂生活，又用结结实实的生活去检验作品和评论，才可
能产生真实的文学推动力，才可能造就优秀作家和优秀作品，在这
里，生活的多元化与创作的多元化、批评的多元化共生为文学森林。
在文学上，试图一杆秤称遍天下，到头来称出的满盘子都是笑柄。

读书与民族精神的生成

　　一个国家、一个民族要发展壮大，必须进行各方面的建设，比如法制建设、制度建设、经济建设、文化建设、精神建设，等等。一个民族的素质高低，主要看其精神建设的程度怎么样，精神建设包括：道德建设、文化建设、宗教建设，等等。道德建设还得从良心发现做起，目标是：崇德贵民、孝悌和亲。文化建设包括：学历建设、民俗改良、民族文化复兴。宗教建设主要是国教建设，儒释道三家的正本清源：恢复向善意识、敬畏意识，要讲究天人合一、群己合一、天下为公。儒学在北宋经过理学家的努力之后，达到了哲学的高度。而佛学家的思维原点就生长在哲学的土壤上，比如古代，在毫无显微观察手段的情况下，佛学家就一口咬定"一滴水里有八万四千虫"，这一观点为后世的细菌和微生物学家所证实，还有"一滴水怎样才不干涸"等典故，说明佛家一直在做着"物质结构""生命起源"这类现代科学基本命题的思考。

　　再说中国的本土宗教——道教，他们做着更为玄妙的研究，比如"天人合一"、精神与物质的相互作用，等等，都是大问题、大思考、大学问，即便是最表层的理论——人与自然的关系，也在人类小聪明大糊涂的当今时代，日益显示出其重要意义和价值。其次是洋教，倡扬他们的忏悔意识和慈善功能。为什么把宗教也纳入精神建设的范围呢？因为宗教的功能，是从民间培养社会的稳定力量，是政府和人民之间的润滑剂，历朝历代都允许宗教在一定范围里存在，孙中山就说过：宗教有辅政之功。

应该指出的是：当前的西化风气对民族文化建设有迟滞和异化作用，青少年吃西餐过洋节信洋教全盘接受西方的价值观念，现实的结果是个人中心主义泛滥；大道行以天下为公，大道不行以天下为私，所以出现了那么多的贪污腐败分子，这是礼义廉耻全面丧失的必然结果。礼义廉耻，国之四维，四维不存，国之将亡啊！国人丧失恻隐之心、丧失辞让之心、丧失羞恶之心、丧失是非之心；这一切丧失的最后结果是：民族精神下滑，民族骨骼软化，所以必须进行民族灵魂的修复和民族精神的重建，重建民族精神必须首先恢复天理、地理、人道，所谓天理地理就是敬天法地、以自然养生；人道就是重建礼义廉耻系统，而这一切，必须从阅读中华元典做起。阅读元典，首先需要恢复全民族的悲悯情怀。

2000年西安的西大街改造，沿街店铺全拆，街两边摆满货摊处理商品。有个摊主叫住我说这件长裤子你穿上很合适价钱不贵才十块钱，我一看说这是猪八戒的袍子，要社火用的，他说你当睡衣穿挺好的，我说穿上睡衣去西天取经孙悟空不打死我啊？他又向我推销小提琴、架子鼓。最后我看上他那儿的一支洞箫，他说五块钱当柴禾卖哩。我买了插在自行车前框里朝西门外走，到西门口下雨了，好多人在城门洞里躲雨，有一个白胡子的瞎眼老汉坐在那里，他面前跪着一个十多岁的小姑娘，前面的纸上写着他们是河南开封人，家里遭了水灾等等，有的人就给扔钱，也有过路的妇女说这种人是骗子。我看他们挺可怜的，就把他们装东西的竹筐扣过来坐上去，拿出刚买来的洞箫，闭上眼幽幽地吹起一些悲凉的曲子，听见过路的人说："这是一家人么，祖孙三代，真是遭了灾的。"接着就有更多的人往面前扔钱。过了一会儿雨不下了，我起身离去时看到小姑娘面前大约有四十几块钱，我感觉心里很舒服。

过了十几天，我去东郊办事，在小东门外的城河桥边，又见到了那个瞎眼老汉，他面前又跪着一个小男孩，纸上写着他们是某某地方人，家里遭了火灾。我心里"咯噔"了一下，看老汉还是那么可怜，我就不能说什么了，我悄悄地离开了，在心里给他们说："对不起，我不能帮助你们，我今天没有带箫。"这事我在心里想了几天，我不能说是他们骗了我，我又帮他们骗了人家的钱，相反，我感谢他们提供了一次我维修自己心灵和人格的机会。人的怜悯之心、慈善之心需要经常淘洗、需要经常发动，运动着的慈善之心支撑着一个人的健全人格，而健全的人格可以保持人的身心健康。

（节选自《读书与人生》）